D+

dear+ novel

ikaide mamononi aigansareteimasu

異界で魔物に愛玩されています

夕映月子

新書館ディアプラス文庫

異界で魔物に愛玩されています

contents

illustration : 陵クミコ

異界で魔物に
愛《あい》玩《がん》されています
ikaide
mamononi
aigan
sareteimasu

1

異様な世界だった。

墨《すみ》に血を流したような雲が低く垂れ込める空。よどんだ生臭《なまぐさ》い空気。人間が檻《おり》に入れられ、売られていても、誰も不思議に思わない。

飛び交う言葉は——言葉なのかもわからないが、ここはたぶん市場だった。秀翔《しゅうと》からは正面の三軒しか見えないが、正面の店は見たこともない毒々しい色の果物を売っている。右隣は乾物屋。左隣は何かの肉屋だ。人気店らしく、行列ができている。

秀翔の前を通り過ぎるのは、髑髏頭《どくろあたま》に牛頭、獅子、鳥、犬、蜥蜴《とかげ》と、実にさまざまな姿形をした異形《いぎょう》の者たちだった。皆、何かしらの衣服を着け、二足歩行をしているものの、体のほうは人体であったり、獣《けもの》の体であったり、手の代わりに立派な翼が生えていたり、体色も体毛も色とりどりだ。それらのいくらかは、秀翔の檻の前で立ち止まり、物珍しげに、あるいは物欲しげにこちらを覗き込んでくるのだった。

よだれを垂らしながら舐《な》め回《まわ》すように見ていた狼頭や蛇頭は、どう考えても秀翔を「食肉」

として見ていた。ジャラジャラとしゃれこうべを首に連《つら》ねたまじない師風の髑髏頭は、もしかしたら、あの首飾りに秀翔の首を連ねるつもりだったのかもしれない。かと思えば、秀翔を檻から出して検分し、何が入っているのか、秀翔には一センチも動かせないほど重い袋を持たせてみる鷲《わし》頭もいた。店主の豚頭に、手首から先を切り落とすしぐさをして見せていたフードの中の見えない何か。あれはまさか切り売りの交渉《こうしょう》だったんだろうか。考えたくもない。

それらが檻の前で立ち止まるたび、秀翔は恐怖にがくがくとふるえた。

(なんで……)

なぜ、こうなってしまったのか。考えてもしかたがないとわかっていながらも考える。くりかえし、くりかえし。

事の発端は逆ナンだった。バイト先としてちょっと自慢になるようなカフェでのアルバイト帰り。

「すみません。このお店、どうやって行くかわかります?」

駅前でスマートフォンの地図アプリの画面を差し出してきたのは、かわいい女の子二人組だった。それもミスキャンパスなんてレベルじゃない。

(えっ。この子らほんとに一般人?　もしかしてテレビの収録?)

つい周囲を見回してしまうほどかわいくて、妙に色気のある子が二人だ。

内心そわそわしながらスマホの画面を覗き込み、秀翔は「ああ」とうなずいた。このあたりで評判の、「映《ば》える」パンケーキを出すカフェだった。

秀翔もSNSはやるけれど適当だ。「いいね」をもらうことに、それほど情熱を燃やせない。バズりたいという欲がないわけではないものの、写真を撮《と》るのもコミュニケーションも、やっているうちに面倒くさくなってしまう。べつに、そこまで頑張らなくても、友達づきあいにも恋愛にも困らない。

だが、そういうのに血道を上げている同年代が一定数いるのはもちろん知っていた。一番身近なところで言うと、夏前までつきあっていた元カノ。一度始まるとなかなか終わらない写真撮影《さつえい》につきあいきれなくて別れたのだが、このかわいい子たちも同類なんだろうか。

「この店なら、そこの二個目の角を曲がって……」

二人の隣に立ち、同じ方向を向いて説明する。と、隣の子がきゅっと距離を詰めてきた。

「わたしたち、このあたり初めてで。よかったら、お店まで案内してくれませんか？」

「お礼にご飯、ご馳走《ちそう》させてもらうんで」

なんと、逆ナンされているらしい。

（え、まじで？）

こんなかわいい子たちが俺を？

さすがにちょっと不思議に思ったが、そこは健全な普通の大学生なので誘いに乗った。バカだった。

カフェまで案内する途中で、女の子の一人が、「あっ、あのお店!」と指をさした。看板は蔦《つた》の絡んだ木戸に付けられた真鍮《しんちゅう》のプレート一枚で、何の店だかよくわからない。天鵞絨《ビロード》の幕が垂らされたショーウィンドウには、観葉植物の枝葉のあいだに、アンティークな天秤《てんびん》や半貴石が飾られていた。アンティークショップか、そういうテイストの雑貨屋か。

「ここ、ちょっとだけ寄ってもいいですか?」

ねだられ、「もちろん」とうなずいた。雑貨に興味はないけれど、女の子たちには興味があった。本当にバカだった。

彼女たちと一緒に、店のドアをくぐった。ショーウィンドウと同様、天井から垂らされた天鵞絨幕と観葉植物が迷路のように店内を仕切り、木の風合いを生かしたテーブルには真鍮製らしい天球儀や、何に使うのかわからない実験器具のようなもの、半貴石の原石、アクセサリーなどが雰囲気たっぷりに並べられている。ちょっと女子向けに傾いているが、スチームパンクな雰囲気は秀翔も好きだった。今そういうテイストのオンラインゲームが流行《はや》っているので、同年代の男なら好きなやつは多いと思う。

「へー。いいね。こういうのが好きなの?」

天井から下がっていたサンキャッチャーをなにげなく手に取りながらたずねた。二人とも、流行をはずさないナチュラルリラックスな雰囲気なのでちょっと意外だった。

女の子たちが顔を見合わせ、くすっと笑う。

「そうですね。でも、このお店の一番の売りは人間なんですよ」

「え？」

聞き間違いかと思った。売りは「人間」？

（店長や店員の人柄《ひとがら》がいいとか、そういう……？）

戸惑った一瞬に、プシュッと顔にスプレーをかけられた。

「わっ⁉　何す……！」

何すんだ、まで言えなかったと思う。濃厚過ぎる蜜のような甘い匂いを感じた瞬間、目の前が真っ暗になり、次に目が覚めたときには、鉄の檻に入れられていた。

「は……？」

（何だこれ）

呆然《ぼうぜん》と自分を見下ろす。

服は脱がされ、下肢《かし》まで覆《おお》うものはなかった。隠そうにも手は後ろで縛《しば》られて、首には鎖《くさり》が巻き付けられ、檻につながれている。まるで人間の扱《あつか》いではない。

それだけでも十分動揺するのに、今秀翔がいる場所は、どう見ても、人間の暮らしている地球の日本ではなかった。

禍々《まがまが》しい空の色。得体の知れない通行人たち。

「夢……？」

あまりに現実離れした光景に、夢だと思った。もしくは、寝ている間にどこか知らない場所に運ばれたとか。

（あ。もしかして、まだ撮影の続きか？）

すがるような思いで、キョロキョロとあの女の子たちを探す。テレビセットだとしたらびっくりするくらいよくできているし、なかなか好みの世界観だなーなんて。

だが、頭のどこかではわかっていた。ドッキリにしては手が込みすぎている。空も、行き交う化け物たちも、とても作りものには見えない。おまけに、秀翔を食おうとした鰐《わに》頭にガパァと大口を開けられて再度失神し、もう一度目を覚ましても、目の前に広がる光景は同じだった。

テレビなら今が絶好のネタばらしのタイミングだったはずだ。

「……うっそだろ……」

思わず叫んだ。

「なあ、夢だろ⁉」

夢ならさっさと覚めてくれと思った。

だが、非情にも喉は渇《かわ》くし腹も減る。首に巻かれた鎖は重く、座っているのも億劫《おっくう》になる。

現実だ。じわじわと絶望が足元から這い上がってくる。

この世界に連れてこられて何日たったのか、それともまだ数時間なのかさえわからなかった。飢えと渇きが限界になった頃、水と、野菜くずを煮込んだスープのようなものを、豚頭の化け物から与えられた。今時、日本では犬でも使わないような、曲がって穴の空《あ》いた金属製の皿二つ。箸《はし》もスプーンも付いていない。動物のエサだ。それでも食べた。水は濁《にご》り、スープは饐《す》えたような匂いがしたが、躊躇《ちゅうちょ》より飢えと渇きのほうが勝っていた。

鎖の重さに耐えかね、床に転がる。ぼろぼろの木の床からは動物の匂いがした。先住人は、どこに行ってしまったのだろう。何を考えても恐ろしく、何も考えたくなかった。

そうしている間に、ふと檻の中に影が差した。また何者かが秀翔の檻の前で立ち止まったのだ。そっと顔を上げて窺《うかが》うと、そこにいたのは猿だった。

薄汚れた白い猿の頭に猿の体。ベスト一枚しか着ていない。秀翔とほぼ同じ体格をした大猿は、秀翔の頭の上で隣の檻を指差し、店主の豚頭と何か話している。

交渉は成立したらしく、猿が銅色の硬貨を店主に渡した。隣の檻から何かが暴れる音がし、聞くに堪えない断末魔が響いた。秀翔は目を見開き、固まった。全身から冷や汗が噴き出す。

(……冗談)

今の声は人間のものではなかった——なかったと思いたい。何の声だか知らないけど、人間の声じゃない。そういうことにしておかないと、叫びだしてしまいそうだ。

檻の奥で縮《ちぢ》こまり、ガタガタとふるえる秀翔を、白猿の濁《にご》った黄色い目がとらえた。

「ひっ……」

目が合った瞬間、猿の目がギラリと光ったような気がした。猿はたった今、隣で絞《し》められたばかりの何かの肉の破片を持って、くちゃくちゃと噛みながら、首をかしげるようにして秀翔の檻を覗き込んでいる。

「ヒッ」

にぃっと、黄色く汚れた歯をむき出しにして猿が笑った。生理的嫌悪を限界までかき立てるような、気色悪い笑み。

白猿は体を起こすと、再び店主と何事かを話しだした。まったく意味がわからない――というか、猿と豚の鳴き声にしか聞こえないが、身振り手振りから察するに、どうやら値段交渉をしているらしい。秀翔にはそこそこ高値が付けられているらしく、今まで秀翔を欲しがるようすを見せた化け物たちは、店主の示す金額を払えずに去っていったのだが。

白猿が硬貨の入っている袋を再び取り出した。話がまとまったらしい。猿の目がこちらを見る。秀翔の恐怖は限界に達した。

「い……いやだ……っ」

(いやだいやだいやだ!!)

もう我慢も限界だ。叫んで暴れだしそうになる。食われたくない。死にたくない。あんな猿に食われるなんて絶対にいやだ。いやだいやだいやだ!!

――そのときだった。

「Human……?」

唐突に耳に飛び込んできた人間の言語に、秀翔はハッと顔を上げた。

白猿の向こうで立ち止まり、こちらを覗き込んでいるのは、人間に似た体に魔法使いのような長衣をまとった山羊《やぎ》頭の魔物だった。

（えっ……今、英語しゃべった……？　よな？　この山羊頭……⁉）

まさか人語を理解するやつがいるのか。

驚いた。だが、そもそも自分をはめた女の子二人組は、日本語をペラペラしゃべっていたではないか。英語を話すやつがいたって全然おかしくない。

「助けて……助けて！　Help me‼」

考えるより先に、声のかぎり叫んでいた。

山羊頭が檻の前まで来た。しげしげと檻の中を覗き込んでくる。

ふさふさと長い白と黒の毛に三本角。野性味あふれる顔立ちの中で、のどかな目元だけがアンバランスだ。眠そうに垂れた目蓋《まぶた》の下で、横長の瞳孔《どうこう》がじっと秀翔を見つめている。そこに知性がある気がして、秀翔は必死に英語で訴《うった》えた。

「助けて！　殺される！　食われたくない！　死にたくない！　お願い、助けて……‼」

ガンッと、檻が大きく揺れた。豚頭が檻を蹴ったのだ。何事かわめいているのは、おそらく

「うるさい」とでも言っているのだろう。秀翔と白猿を順に指さしているのは、秀翔はもう売約済みだと山羊頭に説明しているらしい。

山羊頭が、秀翔にはわからない言語を口にした。山羊の鳴き声とは違うが、人語でもない音声だ。店主の豚頭が首を横に振り、憮然《ぶぜん》としている白猿をもう一度指差す。

山羊頭は、慇懃《いんぎん》に付き従っていた燕尾服《えんびふく》ののっぺらぼうから重そうな革袋を受け取り、猿に近付いた。猿の手に手を重ねて握り込む。ゆっくりと開いた山羊の手の下、猿の手には金貨が三枚光っていた。

猿がじっとそれを見つめ、振り返って秀翔を見る。かと思うと、山羊頭のほうを向いて何事かを訴えた。

山羊頭はさらに二枚、金貨を猿に手渡した。金貨五枚。納得したのか、うなずくと、何かの肉が入った袋を提げて、猿が店から立ち去っていく。

（た……助かった……？）

少なくとも、あの猿の汚い歯に噛み砕《くだ》かれる運命からは逃れられた。命の恩人——なのだろうか？

（英語がわかるんなら、俺の「Help me」を聞いて助けてくれたんだよな……？）

そうは思うが、やっぱり得体の知れない化け物には変わりない。

若干の恐れと媚びとをない交ぜにして、山羊頭をじっと見上げる。

山羊頭は店主にも金貨を五枚払うと、彼から錆《さ》びた鍵《かぎ》を受け取り、自ら秀翔の檻の扉を開けた。

「おいで。食べない。怖くない」

片言だが、確かに英語だ。落ち着いた大人の男性の声音だった。「食べない」の一言に、限界ギリギリに張り詰めていた気持ちがやっと緩む。

秀翔はおそるおそる体を起こし、彼のほうへ膝で動いた。じゃり、と、首の鎖が床にこすれる。

秀翔が檻から出ると、山羊頭は鎖を持ち、もう片方の手で秀翔の顎を持ち上げて、じっとこちらを見下ろしてきた。「怖くない」とは言われたが、やっぱり怖い。黄色いような緑のような、ふしぎな色合いの虹彩はきれいだが、横長の瞳孔はなんとなく焦点が合っていないように見える。

間近に見ても山羊。黒と白の毛が混ざり合った、長毛種の山羊だった。

(あーでも、かっけー……)

例のゲームの冒頭、主人公が魔界から召喚する最初の悪魔にそっくりだ。黒い長衣が覆う体は肩幅《かたはば》が広く、胸板にも厚みがあって、白人男性のような体格をしていた。檻の中にいたときにはわからなかったが、身長差にして十数センチ、角まで含めたら頭一つ分ほど、山羊頭のほうが大きい。

「あの、ありがとうございます」

秀翔がおそるおそる頭を下げると、彼はふっと鼻で息をつき、異界の言語で何事か呟いた。

2

未舗装《みほそう》の土の道を、奇妙な車がガタゴト揺れながら走っていく。

車の中、秀翔《しゅうと》は山羊頭の斜《なな》め向かいに座らされていた。手の拘束はほどいてもらえたものの、他は檻から出されたままの姿――つまり、全裸で首に鎖をつけられた格好だ。現代日本でごく普通に、まっとうに暮らしてきた十九歳の人間としては、山羊頭とのっぺらぼう相手とはいえ、全裸で人前にいるのはどうしようもなく落ち着かない。両脚をぴったり合わせていてもそわそわする。「人権！」と叫びたいのを必死にこらえた。まだ身の安全が完全に保証されたわけではない。わがままを言って、山羊頭の機嫌を損ねたらどうなるかわからないという気持ちがあった。

（それにしても、これ、何で動いてるんだ……？）

三人が乗っているのは、黒塗りの本体にデコラティブな銀色の装飾がほどこされた、馬車のような乗り物だった。内装も臙脂《えんじ》色の天鵞絨張りの座席に白いカーテンと、ごくごくクラシックだ。ただし、動力になりそうな馬だのモーターだのは付いていない。運転手の姿もない。にもかかわらず、車輪は当たり前のように回り、車自体が道を知っているかのように走っていく。

（すっげ、ホントにゲームの世界じゃん）

だからといって、はしゃぐ気にはなれないが。それでも、ちらっと、「これ、動画に撮ってアップしたら、すげぇ視聴回数稼げるんだろうな」などという考えが頭をかすめる。命の危機を脱して、ちょっとだけ余裕ができたということかもしれなかった。

車窓に映《うつ》る世界はやはり異様だ。墨に血を混ぜた濁った色の、気が滅入《めい》るようなどんよりした雲。空には鳥も飛んでいるが、時折横切る大きな影は鳥にしては大きすぎる。

（なんだあれ……って、）

「えっ、竜……⁉」

思わず窓に張り付いて目をこらした。山羊頭は日本語がわからないらしく、「何だ？」と英語できいてくる。指差してたずねた。

「あれ、空飛んでるの、何ですか？」

「竜のことか？　めずらしくもないだろう」

「いや、めっちゃめずらしいですけど……」

そんな、鴉《からす》か雀《すずめ》が飛んでいるみたいな言い方をしないでほしい。

「すっげぇ。竜か……」

呟いて、空を見上げる秀翔の反応に、山羊頭は黙って横長の目を細めた。

市場の周辺は、やっぱりゲームに出てくるみたいな石造りの町並みだったが、そこまで大きな町でもないらしく、すぐに家並みは途切れてしまった。あとはもう、ただただ気味悪い空と荒野が広がるばかりだ。時折、思い出したように鬱蒼《うっそう》とした森が現れるが、すぐまた荒野になってしまう。

地球によく似ているが、地球ではありえない。竜もそうだが、目の前の山羊頭が、何よりの証拠だった。

「あの、」と、今度は山羊頭をちゃんと見て口を開く。

「ここどこなんですか？　今からどこに行くんですか？　俺をどうするつもりなんですか？」

つい訊きたいことを全部たずねてしまったが、山羊頭は片言の英語で言った。

「ゆっくり話しなさい。わからない」

それこそ、ゆっくりと、ていねいな話し方だ。どうやら、そこまで英語に堪能《たんのう》というわけではないらしい。秀翔もまた、大学で英語英文学を専攻してはいるが、聞くのも話すのもネイティブ並みというわけではない。頭をフル回転させて、知っている単語の中からできるだけ平易《へいい》な表現を選び、一音ずつはっきり、ゆっくりとくりかえした。

「ここはどこですか？」

今度はちゃんと伝わったらしい。山羊頭は「魔界だ」と答えた。

「魔界」

「わたしたちは『パンデモニウム』と呼んでいる」

どう反応していいやらわからず、秀翔はまた「パンデモニウム……」とくりかえした。

「魔界」だなんて、ほんの数日前、人間界にいた頃の自分が聞いたら、「冗談きついっすよ」と笑い飛ばしていただろう。だが、この光景と異形を前に、同じことは言えなかった。

「だったら、あなたたちは悪魔？」

「わたしなどは、そう呼ばれることもある。魔界の生きもの全般を指して言うなら『魔物』が正しい」

「今からどこに行くんですか？」

「わたしの城だ」

「城……？」

「家」の言い間違いだろうか。いずれにしろ、彼の住まいに連れて行かれるらしい。そこでどういう扱いを受けるのかまだわからないが、今はとにかく、彼の「食べない」という言葉だけは信じたかった。

彼は「喰《く》われて死ぬ」という最悪のバッドエンドから秀翔を救い、檻から出してくれた恩人だ。片言でも話が通じるというだけのことが、この化け物だらけの異界では、とてつもなく心強く感じられた。

「助けてくれて、ありがとうございました」

改めて頭を下げる。ちょっと媚《こ》びが混じってしまうのはしょうがない。なんせ、文字どおり命運を握られている。

山羊頭は顔をこちらに向けた。横長の瞳が秀翔を見つめる。命の恩人に対して失礼だが、やっぱり、ちょっと、生理的に怖い。

「助けたのではない。買った」

彼の言葉に、秀翔は「え」と凍り付いた。

「……けど、あなたは『食べない』って……」

「食べない」

「……じゃあ、何かに使う?」

檻の前で揺れた、しゃれこうべの首飾りが脳裡《のうり》をよぎった。ぞっとする。それ以上考えることを脳が拒否した。この世界に来てから味わった恐怖は、とっくに秀翔の許容範囲を超えている。

「使わない」と、山羊頭が答えてくれて、漏らしそうなほど安堵《あんど》した。

「……殺さない?」

「殺さない」

「よかったー」と、思わず日本語でこぼす。声は泣きそうにふるえている。

「でも、じゃあ、何のために……?」

「As a pet」

「は?」

思いがけない単語に、秀翔は目を丸くした。

(今なんつった?)

「pet」――「ペット」ってあれか、犬とか猫とか兎《うさぎ》とか……?

(いやいやいや、まさかだろ)

半笑いになってしまった。

適切な単語が思い浮かばなかったのか、それとも説明する気がないのか、それきり山羊頭は黙ってしまった。結局、自分がどうなるのかわからないままなので、一抹《いちまつ》の不安が胸に残る。

車はいくつか森を抜け、丘を越え、黒い水の流れる川を渡り、再びなだらかな丘を登った。木立《こだち》に囲まれた、大きな門の前で停まる。三つ頭の犬が両側を守る門が自動で開き、車は再び動き出した。

(森……?)

森だ。門をくぐったのだから、ここは家の敷地内なのだろうが、小径《こみち》の両側は緑豊かな……というより、鬱蒼と深い森だった。

木立のあいだをしばらく走る。と、森が突然パッと開けて、あたりの風景は西洋庭園に変わった。立派な噴水の向こうに建物が見える。

「……すげ……」

間違いじゃなかった。本当に「城」だ。

噴水をぐるりと回り、玄関前に横付けされた車の窓から、秀翔はその城を見上げた。煙で燻《いぶ》したようなグレーの壁に、黒っぽい屋根。三階建てで横に長く、至近距離だと視界に収まりきらない大きさだ。重厚な石造りだが、ずらりと並ぶ窓にはきちんと白いカーテンがかけられていて、全体的に重苦しい色合いのこの世界では、ここだけ別世界のようにかろやかに見えた。

「……これが、あなたの城？」

「そうだ。おいで」

山羊頭に続いて車から下りる。屋敷の使用人たちが、主人の出迎えのために出てきていた。玄関の前にずらりと並ぶ姿は、漫画で見たことがある。

馴染みのある文明に触れたとたん、羞恥心《しゅうちしん》がよみがえった。全裸であることがとてつもなく恥ずかしくなる。両手で前を隠し、訴えた。

「すみません。服をください」

「後でな」

山羊頭は取り合わない。鎖を引かれ、全裸で使用人たちの前を歩かされる。まるで犬だ。屈《くっ》辱《じょく》だった。「人権！」と叫んでやりたい。できないけど。うつむき、唇を噛みしめる。

屋敷に入ると、秀翔の鎖は、山羊頭からのっぺらぼうの従者に渡された。従者というか、秀翔の知っているところだと執事っぽい。山羊頭と別れ、廊下の奥へと連れて行かれる。

着いた先は浴室だった。

「……風呂に入れって？」

まあ、言いたいことはわからないではない。あの店の檻は不衛生だった。自分でも自分の体が臭《くさ》い気がする。

ありがたく入らせてもらうことにしたが、秀翔が風呂に入ろうとすると、これまたのっぺらぼうのメイドたちが数人浴室に入ってきた。

「えっ、何……っ⁉」

いくら目鼻がないからといって、メイド服を着ているということは女性だろう。

「えええ、ちょっと……！」

のっぺらぼう相手に妙な気を起こすほど不自由はしていないが、他人、しかも女性に入浴の世話をされるなんて、秀翔の知っている常識ではありえない。大変微妙な気持ちだったが、彼女たちは気にも留めていなかった。秀翔が目を白黒させているうちに、寄ってたかって秀翔を磨《みが》き上《あ》げ、湯船に沈める。浸かっている間も監視付きだ。のっぺらぼうなメイドたちには口がないのに、どこからかクスクス、フフフ……と笑い声だけは響いて、全然くつろげないバスタイムだった。

げっそりしながら風呂から上がると、執事がグラスと水差しを差し出してきた。

「……ありがとう」

アンティークな雰囲気のグラスに執事が注いでくれた水は、キンと冷えておいしかった。ほのかにさわやかな香りがして、店で与えられていた泥水とはまったく違う。この世界にも、こんな水があるのだ。思わず、もう一杯おかわりしてしまった。

湯上がりの火照《ほて》りが引いた頃、さっきのメイドたちがまたわらわらとやってきた。今度は寄ってたかって秀翔の体を拭《ふ》き上《あ》げる。髪を乾かされ、梳《と》かされて、いい匂いのするクリームを体中に塗りこまれた。もう好きにしてくれたらいい。一時は諦《あきら》めの境地に至った秀翔だが、メイドたちが持ってきた服を見て気が変わった。

「うっわ、何それ？　それ着ろって……!?」

ビラビラひらひら、レースとフリルたっぷりの白ブラウスに、装飾過多な天鵞絨の上着。そろいのボトムスは膝下丈《たけ》で、白タイツと、これまた装飾過多な靴《くつ》を合わせるらしい。

（いやいや、これ、どういう趣味だよ）

中世ヨーロッパか何かか。いや、城とか車とか市場とか、全部そういう雰囲気ではあったけども。

喉まで文句が出かかったが、呑み込んだ。この異世界で——人間を食うやつらが普通に闊歩《かっぽ》している魔界で、秀翔を食うどころか服まで与えてくれようというのだ。デザインが気に入らないなんてわがままを言っていいわけがない。彼女たちだって、ご主人様の命令にしたがっているだけなのに、秀翔が言うことを聞かなかったら困るだろう。

しぶしぶと、差し出される袖《そで》に腕を通した。襟《えり》にも前立てにもたっぷりフリルがあしらわれている。

（うーわー……）

秀翔は純粋な日本人だ。しかも、どちらかというと塩顔なので、こんな西洋人仕様の服が似合うとは思えない。

（……いやでも、しかたない）

そう、しかたないのだ。こんな服でも、服は服。真っ裸よりは人間らしい。山羊頭が着ろと言うのなら、似合わなかろうが、趣味じゃなかろうが、着るしかないのだ。

（くっそ、趣味じゃねー！）

秀翔が好きなのはスチームパンクの世界観や小物であって、こんなゴテゴテした服は全然好きじゃない。三枚千円の安物でいい、Tシャツとジーンズが着たい。靴はスニーカーがいい。やっぱり交渉できそうだったら、もう少しシンプルな服を頼んでみようと思いつつ一式身につけた。

が。

「え。それも……？」

最後の仕上げとばかりに差し出されたものを見つめ、秀翔ははっきりと眉を寄《よ》せた。

首輪だ。透かし彫りがほどこされた豪華な金細工ではあるが、用途は首輪以外の何ものでもない。山羊頭が言っていた「As a pet」は、やはりズバリ「ペット」だったのだ。正直、やっぱりか！　と思ったが、さすがにこれは、「しょうがない」と言いたくなかった。

「それはちょっと……いや、やめろよ。いやだって言ってるだろ」

渋る秀翔に、メイドたちが困ったように顔を見合わせる。口がないので何も言わないが、もう一度ずいっと差し出してくるしぐさは、「どうかお願いします」という声が聞こえてきそうだ。だが、秀翔にだってプライドがある。とうとう、「人権！」と日本語で叫んだ。

(……でも、これを着けないで、あの山羊頭の機嫌を損ねたら……？)

もし、あの市場に戻されたら。あの白猿に売られたら……？

(無理無理無理無理無理)

ぞっとした。想像するのも無理。無理だ。首輪くらいでガタガタ言っている場合じゃなかった。

やむを得ず、首を差し出した。冷たい金属の輪が首に巻かれる。秀翔の首に合わせて作ったようにぴったりで、見た目ほど重くもなく、鎖を直接巻かれるのに比べればよほどましだったが、心に重しを付けられたように感じた。

――As a pet.

首輪に鎖がつながれる。

(……結局こうなるんだな)

秀翔はもう抵抗しなかった。こういう扱いを徹底《てってい》されていると、だんだん無気力になってきてしまう。あの山羊も、はっきり「助けたのではない。買った」のだと言っていたではないか。ペットとして、自分はあいつに買われたのだ。どれだけ扱いがよくても、秀翔に人権はない。それでも喰われるよりはマシだ。

すべての準備が整うと、鎖の先の輪を執事が握り、浴室を出た。廊下を歩き、階段を上がり、大きな部屋に通される。

(何だあれ)

広々とした――秀翔の知っているところだと大学の大教室ほどもある広間の窓辺に、巨大な鳥籠《とりかご》が置かれていた。籠自体が四畳半くらい――いや、もっと広いかもしれない。中には、毛足の長い絨毯《じゅうたん》が敷かれ、いかにもふかふかと心地よさそうなソファベッドには、クッションがいくつも積み上げられている。隅には小さな一人用のテーブルセットも置いてあった。

その檻のてっぺんや扉の部分にほどこされた透かし彫りが自分の首輪と同じことに気づき、秀翔は思わず首輪に手をやった。

(……冗談だろ?)

と、何度目になるのかわからない否定をしてはみるものの、もう想像はついている。

奥の扉から、山羊頭が入ってきた。執事から鎖を受け取ると、予想どおり、秀翔を鳥籠の前まで連れていき、扉を開けて「入りなさい」と言った。

「え、やだ」

思わず素《す》で返してしまい、あわてて両手で口をふさぐ。大山羊の横長の瞳孔が、ぎょろりと秀翔を見下ろしてきた。

「入りなさい。ここがおまえの家だ」

根気強く、まるでバカな犬にでも言い聞かせるような口調で言われる。

「……」

いやだった。いやじゃないわけがない。せっかく檻から出してもらえたと思ったのに、結局また檻に入れられる。

だが、秀翔は彼に買われた身だ。この世界における金貨十枚がどれほどの価値かは知らないが、あの白猿も豚の店主も五枚で納得したのだから、それなりに大金なのだろう。その大金を支払ったこの山羊が秀翔の主人。秀翔は彼の所有物だ。彼の命令を聞かないとどうなるか――。

「……」

嫌々ながら、籠に入った。カチャンと扉に鍵がかけられ、鎖は籠につながれる。もはや、「人権！」と叫ぶ元気もなかった。

まるで――いや、「まるで」ではない。秀翔は正真正銘《しょうしんしょうめい》、ペットだった。首輪をはめ、主人好みに飾り立てられ、鳥籠に閉じ込められて観賞される、愛玩《あいがん》動物。

　金の檻を摑んでたずねる。

「あんた、本気で俺を飼うの？」

　檻の外にしつらえたソファセットに腰を下ろしながら、山羊がこちらを見た。

「飼《keep》う？」

「俺はペット？」

　秀翔の質問に、山羊は「Yes」と答えた。

（イエス……「イエス」かぁぁあああ）

「わかってはいたが、冗談きついぜ……」と呟いてしまう。他人にちやほやされるのはきらいじゃないが、どうせ飼われるなら、年上の綺麗なオネーサンに飼ってほしかった。異界の雄山羊に飼われるとか、ちょっと意味がわからない。

（……まあ、山羊にしちゃ格好いいんだけど）

　牧場などで飼われている牧歌的な山羊ではなく、野性味あふれるイケ山羊だ。角はアンティークな飾りみたいで格好よく、いい体をしているからローブ姿もよく似合う。訂正。フツーに格好いい。まあ、男というか雄《おす》で、山羊だけど。

　そのイケ山羊は、執事が淹《い》れた紅茶らしきものを飲みながら、秀翔を眺め、何事かをぶつぶつと呟いていた。

ネイバー、ストレンジャー、カフェ、チョコ……髭《ひげ》に埋もれた口から出てくる単語に共通点はない。だが、その目がじっとこちらを見ていることから、自分に関する何かなのだと秀翔は感じた。「隣人」、「異邦人」、「コーヒー」、「チョコ」……。

（――名前か？）

「おいちょっと待てよ」

それこそ冗談じゃない。

「ペット」として名前を付けられようとしているのだと気づき、ぞっとした。檻に入れられたり、首輪をつけられたり、食われそうになったり、この世界の人間に「人権」なんてないのは身に染みて理解したが、名前を奪われることには、生命の危険とはまた別の、踏みにじられるような嫌悪感がある。

「秀翔」という名前に、ものすごく思い入れがあるわけではない。たぶん生まれた頃の流行で、ダサいというほどじゃないけれど漢字の当て字にちょっと一昔前感がただよっていて、サッカー好きの父親が安易に付けたのがすぐにばれる。秀翔自身は、小学校から高校まで続けていたサッカーは、「素人《しろうと》にしてはうまい」程度にしかならなかったし、大学進学とともにやめてしまったが、サッカーをしなくなっても、特別奇抜というわけでもなく、なんとなく秀翔になじんでいた。強いて言うなら、画数が多いから、テストの時だけはうざったいと思っていたが。

だがそれは、十九年間、「西野《にしの》秀翔」という人間の輪郭《りんかく》だった。意識するまでもなく、秀翔を形作るものだった。それをいきなり他者に変えられるのは、まるで上から頭を押さえつけられ、全人格を否定されているように感じる。

（しかも、「カフェ」に「チョコ」だって……？）

自分でも驚くような怒りと反発をおぼえ、秀翔は唇を震わせた。

「犬猫じゃねぇんだよ……！」

日本語で口走ってから、これでは伝わらないのだと思い出す。

「勝手に人の名前を変えるな。俺には『西野秀翔』って名前があるんだ」

今度は英語で、怒りを込めた口調で言ったが、山羊頭はふしぎそうにこちらを見ただけだった。それこそ、「犬猫が何か騒いでいるな」という反応だ。伝わっていない。感情にまかせてまくしたてたから聞き取れなかったのかもしれない。

深呼吸して、「聞いて」と頼んだ。もう一度、一音ずつ、はっきりと言う。

「俺の名前は、西野秀翔だ」

山羊頭が、ぐるりとこちらを向いた。ガラスみたいな若草色の目が、じっと秀翔を見つめている。

（う……）

感情の読めない——というか、いまいちどこを見ているのかわからない、横長の瞳孔が苦手すぎる。

だが、そんなことは言っていられない。秀翔は目に胆力《たんりょく》を込め、彼の目を見返した。

「あなたの名前は?」

秀翔の質問に、山羊頭はゆっくりと瞬きした。深みのある、いい声で答える。

「サタナキア」

よかった。彼にも名前があった。「サタナキア」とうなずく。彼を指さし、ゆっくり、はっきり、舌に乗せた。

「あなたの名前はサタナキアだ」

「そうだ」と、山羊頭もといサタナキアもうなずいた。

差す指を自分のほうに向け、もう一度言う。

「俺の名前は西野秀翔だ」

サタナキアは、先ほどの秀翔を真似るように口の中でくりかえした。

「ニシノシュート」

どこで切ればいいのかわかっていないない抑揚だ。名字の概念《がいねん》がないのかもしれない。「シュート」と、短くしてやった。

「俺の名前は秀翔です」

「シュート」と、サタナキアもくりかえす。やっと自分の名前が伝わって、秀翔はほっと息をついた。

彼がぼそぼそと何か言っている。市場でもちょっと話していた魔物の言葉だ。「何?」と秀翔がたずねると、ソファから立ちあがり、こちらに向かって歩いてきた。

檻を隔《へだ》てて一メートルほど。

(でか)

改めて、でかい山羊だ。檻の床と絨毯、合わせて五十センチくらい上にいるので、視線は秀翔のほうが高い。それでもすぐそこに彼の角の先がある。

だが、同様に檻を隔てて白猿と向き合ったときのような恐怖や嫌悪感は抱《いだ》かなかった。なんで山羊頭が言語をしゃべってるんだとか、なんで人体に山羊頭なんだとか、色々思わないではないが、異世界でそれを言ってもしょうがない。そういう根本的な疑問を置いておけば、サタナキアは身ぎれいで、物腰は落ち着いており、話し方には知性を感じた。

片言でも言葉が通じる。「喰わない」「殺さない」と約束されている。それだけで、同じ異界の異形相手でも、こんなにも感じ方が違う。

(まあ、男の俺をペットにしようっていうのはわかんねーけど)

あと、どうしてもこの目は苦手だ。見つめられることに耐えきれず、苦しまぎれに「角、かっこいいな」と口走ると、サタナキアはガラスの瞳をゆっくりと瞬《しばた》かせた。

「そうだろうか」

「うん」

まんざらお世辞だけというわけでもない。特にぐるっと巻いた両側の角は、無骨な印象がありながらもアンティークな装飾品のようだ。仰々《ぎょうぎょう》しいほど豪華なこの城も、時代がかった服装も、装飾過多な檻も服も自分には似合わないが、サタナキアにはしっくり似合っている。

サタナキアは、立派な顎髭《あごひげ》を撫でながら、「シュート」と呼んだ。

「なに」

「『シュート』という名前が好きなのか?」

「好きっていうか……」と説明しかけ、「うん」とうなずく。短くわかりやすく説明する自信がなかった。

サタナキアは顎髭を下まで撫で下ろし、

「では、おまえはシュートと呼ぶことにしよう」

と、言った。

(わかってくれた)

話せばわかってくれる山羊なのだ。ほっとして、「ありがとう」が口からこぼれる。我ながら調子がいい。だが、サタナキアは、その言葉と、ほんのちょっと漏らした笑みに、強く感じるものがあったらしい。檻のすぐ向こうまで来て、しげしげと秀翔を眺める。

「名前は、おまえにとって、大切なものか?」

どういう意図で質問しているのだろう。疑問だったが、山羊の顔から感情を読もうとしても無駄だ。秀翔は「Yes」と答えた。

「なぜ？」

「アイデンティティ……ってわかる？　わからないか」

母国語でない言語で、込み入った話を簡明に説明するのは難しい。頭をひねって言葉を選ぶ。

「うーんと……その名前が、俺が、俺であることを表しているから」

秀翔が言うと、サタナキアはまたじっと秀翔を見つめて瞬《まばた》きをし、魔物の言葉で呟いた。それ以上何も言ってこなかったので、彼なりに納得したらしい。

彼はソファに戻り、お茶を再開した。ティーカップで飲みものを飲み、厚みのあるビスケットのようなものに、はちみつだかシロップだかをかけて食べる。檻に入れた秀翔を眺めながら。

まるで人間とペット……と考えかけ、それが比喩《ひゆ》ではないことを思い出した。げんなりする。

檻の端に腰を下ろし、膝を抱えて、サタナキアがお茶をするようすをぼんやり眺めた。考えないといけないことがたくさんある気がしたが、一向に頭が回らない。市場の檻で目を覚ましてから数時間だか数日だか、命の危機にさらされて限界まですり減った神経は、休息を求めていた。

（……おいしそうだな）

そういえば、市場の檻を出てから、風呂上がりの水以外何も口にしていない。自覚すると、急速に空腹が湧き上がってくる。キュルッと鳴った腹をあわてて押さえた。

「……食べるか？」

「え？」

サタナキアに声をかけられ、顔を上げる。目が合った。と、思った。めずらしく。彼は、自分の前に並んだお茶を指している。

「それ何？」

「紅茶とビスケット、メープルシロップだが」

「ほしい！」

即答すると、サタナキアは執事に何かを申しつけた。執事が頭を下げ、部屋を出ていく。

二人きりになると、サタナキアは自分の皿からビスケットを取り、再び秀翔の檻の前まで来た。床にしゃがみ、一口大に割ったビスケットを檻の隙間から差し入れてくる。市場で顎を摑まれたときには気づかなかったが、黒い肌にとがった長い爪をしていた。人間の体に似てはいるが、完全に人体というわけでもないらしい。

「食べなさい」

命じられ、受け取ろうと手を伸ばすと、すっとビスケットが引っ込められた。

「え、何？」

戸惑った。かと思うと、「ほら」と再び差し出してくる。だが、秀翔が手を出すと引っ込められる。

「なんだよ、もう」

なんの意地悪だ。

「食べなさい」

もう一度言いながら差し出され、首をひねる。

（……もしかして）

手を出さず、口を開くと、慎重《しんちょう》な手つきでビスケットが口に入れられた。つまり、人間がペットにするように、この山羊頭は手ずから秀翔に食べさせたかったらしい。

（うーわ、食べちゃったよ……）

山羊の、それも雄山羊の手から。名前ほどではないが、これもなんとなく、人権というか、人間らしさを踏みにじられている感はある。

だが、そんなわだかまりは、食べさせられたビスケットの味を感じた瞬間に忘れた。

「……うっま」

思わず日本語が口を突いて出る。秀翔の感覚だと、ビスケットというより厚手のクッキーに近かったが、とにかくおいしい。空腹だったからとか、しばらく臭い野菜くずのスープしか食べていなかったからとかいうのを抜きにしても、普通に人間界で食べていたものよりもおいしい気がした。少なくとも、秀翔がバイトしていたカフェのクッキーよりは数段うまい。

「何と？」

「おいしい。すっごく」

秀翔が言うと、サタナキアは手に持っていたビスケットをまた一口大に割り、差し入れてきた。

口を開け、直接受け取る。食欲の前には、ある程度の「人間らしさ」など売り渡してしまえるものだ。まあ、このくらいは人間同士でもやるからかもしれないが。

「おいしいか？」

「おいしい」

うなずくと、サタナキアは魔族語で何か呟いた。

「なんて？」

「人間を飼うのは初めてだが、意外とかわいいものなのだな」

「はぁ、かわいい……？」

「かわいい」

うむ、とうなずかれる。言い間違いではないらしい。こんなところで言ってもしょうがないが、これでも人間界では女の子から「さわやか」「イケメン」「格好いい」と言われるのが常《つね》だったのだが。

雄山羊に檻で飼われて、手からエサをもらい、「かわいい」と評される。いよいよ倒錯《とうさく》めいてきた。

「気難しく、気位が高く、飼いにくいと聞いていたが、なかなかかわいい。それに、言動がいちいち興味深い」

「あ、そう……」

なんと反応したものか。秀翔はあいまいにうなずいた。彼なりに褒《ほ》めてくれているのはわかる。でも、「ありがとう」と言うには抵抗感がありすぎる。人間がペットを品定めする感覚そのものだった。

黙ってビスケットを食べさせてもらっていると、ノックがあった。執事がカップアンドソーサーと、皿にのせられたビスケットを運んでくる。サタナキアはトレイごとそれを受け取り、檻の下部にある小さな扉を開けて差し入れてきた。

「食べなさい」

「うん」

食器は、サタナキアが使っているものとは違い、白いシンプルなものだった。華美な装飾はどうでもいいが、こんなところでも「ご主人様とペット」を意識する。だが、一方で、まともな食器を使わせてくれるだけでも、感謝しなければならないのはわかっていた。

「……」

あたたかな紅茶に、おいしいビスケット。椅子に座り、テーブルの上で、きちんとした食器を使って食事ができる。その幸福を噛みしめながら食べていると、今さらながらにじわじわと恐怖と安堵が這《は》い上《あ》がってきた。指や唇がふるえ、涙が出る。こちらを観察していたサタナキアが気遣《きづか》わしげな声音で名前を呼んだ。

「シュート」

「いや、ごめ……。べつに、まずいとかじゃなくて……」

へらっと笑おうとして失敗した。

「なんか、今になって、すげぇ、怖かったな、とか……生きてるな、とか………」

言っているうちに、涙が止まらなくなってくる。「人権！」と叫びたい事案はいくつもあるが、それでもやっと、本当に命の危機からは脱したのだと実感した。

「……」

檻の外で見守っていたサタナキアが、少しためらうようなそぶりを見せた。それから、また、そっと檻の中に手を差し入れてくる。その手が、秀翔の頬を撫で、涙をぬぐい、頭を撫でた。長い爪で傷つけないよう、気を配っている動きで。

「……」

やさしさに、また泣けてくる。と同時に、撫でるなよとも思う。「ありがとう」と言うべき場面なのかもしれないが、言いがたい。秀翔だって、ほんの数日前までは、普通にバイトして一人暮らしをしている大学生だったのだ。あと半年もすれば成人だし、あと数年で経済的にも自立しているはずだった。幼児や犬猫みたいな扱いには違和感を覚える。だけど、この世界での自分は圧倒的な弱者だということもわかっていた。サタナキアは「弱いもの」にやさしくしてくれているだけ。やさしい魔物なのだ。年の離れた兄姉の下でかわいがられた末っ子気質が、もうこの飼い主に甘えてしまえ、と思う。一方で、普通の男である自分が、いやいやなしだろ、と反発する。心の中がぐちゃぐちゃだった。

葛藤《かっとう》しているところへ、「人間は雑食だったと記憶しているが、」と切り出され、おお、と思う。

「雑食」

「違うのか?」

「いやまあ、肉も魚も野菜も食べるから、合ってるかな」

だが、人として、普段から「人間は雑食だ」と考えて生活しているやつはあまりいないと思う。

「具体的には、何をどのくらい食べる?」と、たずねられた。本人にエサの相談か。苦笑しながらも、「多少贅沢《ぜいたく》を言っても、この飼い主なら怒られなさそうだ」と目星をつける。

「そうだなぁ……炊《た》いた米、パン、スパゲッティから一品。肉、魚、玉子、野菜なんかを料理したものを二品くらい。それを一日三回食べる。……他にも菓子は好き。飲みものは常にあるほうがいい」

サタナキアの表情をうかがいながら言ってみる。表情が読めないのが、本当に不便だ。いわゆる「空気を読む」タイプの秀翔は、ものすごく不安になる。

果たして、サタナキアは秀翔の予想どおり、「なるほど」とうなずいた。

「では、その家に足りないものは？」

「自由」

即答する。

彼は視線も動かさず、「それはだめだ」と却下《きやっか》した。

「なんで。命を助けてくれたのは感謝してる。でも、俺は檻になんか入れられたくないし、首輪なんか付けられたくない。俺は人間だ。こっから出して、元の世界に戻してくれよ」

「No」

にべもないとはこのことだ。思わず苛立《いらだ》った。

「何でだよ」

落ち着き払った声で、サタナキアはゆっくりと答えた。

「まず、繰り返すが、わたしはおまえを助けたのではない。買った。食べたりセックスしたりするためではない。見て楽しむ……あー、何と言う？」

「……観賞？」

「そう。観賞するためだ。おまえは、芸を覚える必要はない。ただ、そこにいるだけでいい」

「……」

そうだった。だが、つい、「助けてくれた」と思ってしまう。喰わないでくれた。殺さないでくれた。言葉が通じる。話ができる——だから、人間の道理も通じる気がしてしまう。

だが、彼のほうはそうは考えていないようだった。

「第二に、」と、彼は続けた。

「ここはパンデモニウムだ。あちらの世界とは違う。おまえが一人で歩いていたら、あっという間に死んでしまうぞ」

「……」

思わず黙り込んでしまった。それは秀翔自身、あの市場でいやというほど感じたことだった。

「……喰われる？」

「人間は、肉も魂《たましい》も美味だからな。あるいは、体の一部をまじないに使う。薬にする。もしくは、頭脳が必要な労働をさせる。使い物にならなくなるまで」

いずれも思い当たることがありすぎて、秀翔はますます黙り込んだ。

サタナキアは淡々と続ける。

「人間は使い道が広いのに貴重だ。だから、高い。一方で、人間は気難しく、気位が高く、体も弱い上に、エサも手がかかるので飼いにくい。人間をペットにするのは、こちらでは物好きだけだ」

ひどい言われようだが、自分がとんでもなく幸運な気がしてきた。実際、幸運なのだろう。

魔界に連れてこられた人間としては。

「……あんたは？」

「ん？」

「あんたは、なんで俺を飼おうと思った？」

秀翔の質問に、サタナキアはふっと笑った。

「言っただろう。物好きなのさ」

皮肉っぽい、ちょっとひねくれたみたいな、自嘲《じちょう》の混じった言い方。それが、彼には似合っていた。深夜ドラマで人気の英国俳優みたいで格好いい。山羊のくせに。

「第三に、」と、彼は話を続けた。

「おまえを檻から出したところで、あちらの世界に返すすべがない」

思いがけない言葉に、秀翔は「えっ」と目を瞠《みは》った。サタナキアの口調は、あいかわらず淡々としている。

「人間の世界と、こちらの世界を行き来するには、そのための『穴』が必要だ」

「穴……」

〝the hole〟――よくわからない。サタナキアにも、ちょうどいい表現がわからないのかもしれない。魔界と人間界をつなぐ出入り口みたいなものだろうか。想像がつかないが。

彼は、嘘を感じさせない口調で続けた。

「『穴』には三種類ある。まず、自然に開くもの。これは、いつどこに現れるか、誰にも……たとえルシファー様でもわからない。次に、人間が我々を呼ぶときに開くもの。これは向こうから呼ばれないかぎり開かない。第三に、特定の魔族だけが開けられるもの。だが、『穴』を開けることができる魔族は人間を喰う。たとえば、インキュバスやサキュバスだ。彼らは食《しょく》糧《りょう》を採るために『穴』を開ける。だから、協力は望めない。わたしからおまえを奪って喰おうというやつはそうそういないだろうが……喰われたくはないのだろう？」

あたりまえだ。こくこくとうなずいた。

それから、おそるおそるたずねてみる。

「でも俺、たぶん、悪魔？　魔物？　に、こっちに連れてこられたんだけど……？」

「『穴』を開ける能力のある魔族には、食事のついでに、人間の輸入を仕事にしている者もいるからな。それに捕まったんだろう」

「輸入」

「人間は貴重で、高く売れるからな」

「……密輸業者かよ……」

思わず日本語で呟いた。

あの、めっちゃエロかわいかった女の子二人組。芸能人かと思ったが、あれが密輸業のインキュバスかなんかだったというのか。

「くそ……」

どうせならエッチなお食事にしてほしかった。いや、死ぬのはいやだけど。

「なんだ？」

「なんでもない。こっちのこと」

「そうか。……以上のことから、おまえをその檻から出して人間の世界に帰すことはできない」

サタナキアは、自分の言っていることが正しいと、信じて疑わない口調だった。

実際、彼が正しいのだろう。檻から出しても危険しかない。自由になったところで生き延びられない。元の世界に戻る方法もない。だったら、おとなしく飼われているのが幸せだろう、と――。

（………まあ、動物相手なら言うよな。言うよ。人間も）

そう思ってしまう自分がいやだ。理屈はわかるが、納得できない。人間の認識では、人間は動物とは違う。ペットとして飼うものじゃない。いわゆる「人権」を魔物相手にどう説明すればいいのか、パッと言葉が出てこないが……。

ガシガシと頭をかき回し、黙り込んでしまった秀翔に、サタナキアは寛大《かんだい》な口調で言った。

「わたしは、おまえの言葉がわかる。意思疎通《そつう》できるものを食べる趣味はない。できるかぎりの要望は聞いてやる。わたしの館にいるかぎり、おまえは命の危険もなく、不足なく生きていけるのだ。いったい何が不満なのだ？」

「……」

秀翔は小さくため息をついた。

言葉を交わすことはできても、互いを理解できるとはかぎらない。人間同士でも起こりえることだ。ましてや異世界に住む魔物相手では、しかたのないことなのかもしれなかった。

3

サタナキアの城に連れてこられて二日目。秀翔《しゅうと》は、檻の中のベッドに横になり、枕に顔を埋めていた。

(腹減った……)

だが、体は空腹を訴えても、食べたいとは思えない。どころか、何もする気にならない。そんなつもりはなかったが、気がつくとハンガーストライキに突入している。

ペット生活は、当初秀翔が想像していたよりストレスフルだった。

首輪をつけられ、檻に入れられ、ペットとして観賞されるのが仕事だから、プライバシーはゼロだ。「人権!」事案は最初からだが、今、秀翔をハンストに走らせているのは、排泄《はいせつ》についての問題だった。

この豪華な檻の中には、最悪なことにトイレがない。用を足す場所としては、床に穴が開いている。蓋《ふた》を開けて用を足すと、下の箱の中に落ちる仕組みだ。だが、その穴の周りに囲いはなかった。つまり、サタナキアや、執事やメイドたちの目の前で、用を足さないとならない。

「ふざっけんな！　こんなとこでできるわけないだろ！」

激怒した秀翔だったが、サタナキアは取り合わなかった。秀翔が日本語でわめいていたので、単純に意味がわからなかったのだろうが、怒っていることは十分伝わっていたはずだ。

結局、一度目の小用は、クッションを積み上げ、彼の視線をさえぎって、した。世の中には道端で立ちションするおっさんがいないわけではないが、秀翔の育った家庭の文化としてはあり得ない。あまりの屈辱に気力が失せ、しばらく何もする気にならず、ベッドに突っ伏して沈黙した。飲み食いすればまた用を足したくなる。大きいほうは、絶対に人前でしたくない。そう思うと食欲も失せた。

「なぜ食べない？」

二食ボイコットした秀翔に手を焼いて、やっとサタナキアがたずねてきたのは、二日目の昼だった。

「トイレをなんとかしてほしい」

秀翔が訴えると、彼は「なんとかとは？」と首をひねった。

「あんたのトイレはどうなってんだよ。個室……ええと、囲ってねぇの？」

「囲ってある、小さな部屋だが」

さも当然のように言われて、頭にきた。自分はトイレを使っておいて、何を「ペットがわけがわからないことで機嫌を損ねている」みたいな顔をしているんだ！

「俺もそういうトイレがいい。見られながらなんかしたくない」

がんとした口調で秀翔が言うと、サタナキアは小さく目を見開いた。

「それが、食事をしない理由か？」

「食ったらしたくなる。だけど、あんたたちの見ているところでしたくない」

「動物として、排泄行為は恥ずかしいことではない。わたしたちは気にしない」

「あんたらがどう思うかじゃねぇんだよ！　俺は動物じゃない、人間なの！　普通、人間は他人が見ているところじゃやんないの！」

叫んでから、いや、世界中そうか？　という疑問がふと脳裡をよぎったが、註釈《ちゅうしゃく》を付ける必要は感じなかった。

「……なるほど」

サタナキアは、秀翔を見つめて魔族語で何か呟いたが、やおら、とがった爪の先で檻の天《てん》井《じょう》付近を指差した。点と点を結ぶように線を引く。と、彼が指差したあたりに、天鵞絨の幕が現れた。

「え⁉」

驚いて彼を見る。

「今の何⁉」

「何とは？」

「あんた、魔法が使えるの？」

「魔法というか……。魔界では、よくある能力の一種だが」

「へぇ、すごい！」

幕に近寄り、開けてみた。ちょうど、用を足す穴を隠すようにできている。完全な個室でないのは不本意だったが、檻の中のかぎられたスペースでのことだ。しかたがない。さっそく幕の中に飛び込んで用を足した。本当はもう限界だった。

排泄問題が解決すると、とたんに空腹感が限界まで戻ってきた。手を付けていなかった朝食に手を伸ばす。冷めたパンケーキと、ゆで卵。見たこともない色をした葉っぱのサラダは、おそるおそる口に運ぶ。コーヒーは、新しく執事が淹れ直してくれた。

「……本当に、排泄の問題だけだったのか」

ソファの肘掛《ひじか》けに頬杖《ほおづえ》をつき、秀翔のようすを眺めながら、サタナキアがあきれたような、感心したような口調で言う。「『だけ』じゃねぇよ」と言い返した。

「俺にとっては大問題なの！」

「……非常に疑問なのだが、きみは、自分は、……自分たち人間は、他の動物とは違うと考えている？」

「あったりまえだろ！」

叫んでから、はたと思い至った。もしかして。

「……あたりまえじゃねぇの?」

「わたしたちにとっては、人間は、あちらの世界に棲息《せいそく》している動物の一種にすぎない。せいぜい、ちょっと知恵があって、変わった猿という程度だ」

「……ああそう」

ちょくちょく気になってはいたのだが、この、微妙に見下されている感はなんなのだ。さも、自分のほうが優秀みたいに。

カチンときたが、大事な話なので脱線は避けた。

「でも、俺たちはそう思ってない。人間には人権が……人間らしく生きる権利がある」

「人間らしく生きるとは?」

話の流れで、あたりまえに出てきた質問に、秀翔は、一瞬答えられなかった。目が泳ぐ。

「えーと……」と言いながら、必死で頭を回転させる。

「それはー、ほら、首輪をしないで、自由に、自分で決めたように生きるとか……」

「それと、トイレと、どう関係が?」

「ええと……いや、ある! あるんだよ! けど、うまく説明できねぇ!」

とうとう、頭をかきむしって、秀翔はわめいた。

でも、言われてみれば、「人間らしく生きる」とはどういうことだろう?

檻の中の生活が暇《ひま》すぎることもあり、それ以来、秀翔はついそれを考えるようになってしまった。

たとえば、今の生活は、人間らしくないのだろうか？

首輪を付けられ、檻に入れられ、飼い主が一緒でなければ外出できない。プライバシーはゼロ。だが、檻の中は広くて豪華で至れり尽くせり。飼い主はペットに甘く、望めば自由以外ほぼ手に入る。

自分の趣味ではないが上等な服。自分で選んだわけではないがおいしい食事。檻の外から丸見えだが寝心地は最高のベッド。一日一回水浴びの機会が与えられるし、水浴びのあとにはサタナキアが手ずから髪を拭き、梳かしてくれる。

時には、彼の趣味だというヴァイオリンのような弦楽器の演奏を聴かされた。基本はクラシック音楽のようだが、どこか、別の地域の音階や旋律《せんりつ》が混ざっているような、不思議な音楽だった。ヴァイオリン演奏付きのティータイムなんてどこの貴族だ、と心の中で突っ込んだ。まあ、こんな城に住み、たくさんの召使いにかしずかれて生活しているのだから、貴族みたいなもんなのだろうが。

他にも、「外に行きたい」とお願いしたら、一日二回、庭の散歩もさせてくれるようになった。首輪をつけ、サタナキアに鎖を引かれて、完全に犬の散歩スタイルだ。だが、それさえ我慢すれば、外の空気を吸うこともできる。

ちょっとご主人様のご機嫌さえ取っておけば、勉強しなくても、就活しなくても、働かなくても生きていける。どころか、生活の質は元の生活よりも上がっている気さえする。

秀翔は、元々、あんまり物事を深く考えないたちだ。言ってしまえば、普通にバカ。

（今の生活も十分「人間らしい」んじゃね？）

考えようによっては天国か？　と思い当たった。元の世界に戻れないなら、もういっそ変態のヒモになったと思って生きていけばいいんじゃないか？

さいわい、生まれてから二十年近く末っ子としてかわいがられていたので、どうすれば年上の人間にかわいがってもらえるかは、なんとなく経験で理解している。魔物相手だが、たぶん、そんなに変わらないだろう。

でも、いくら楽観的になろうとしても、秀翔の心は「この生活は人間らしくない」と感じるのだった。たびたび、「人権！」と叫びたくなる。元の世界なら一食数万は下らないだろう、美しく盛り付けられたおいしい料理を食べても、「風呂上がりに髪を乾かしてもらう」なんて幼稚園児みたいに世話を焼かれても、檻は窮屈《きゅうくつ》だし、首輪は心に重い。

自由になりたい。

一言で言えば、今の望みはそれだけなのだが。

（これ絶対、サタナキアに突っ込まれるやつだな）

「自由だったら、人間らしい生活なのか？」とか。そもそも、「人間らしい」とは何だっけ？

（あー、だめだ）

ぐるぐる考えた末に出発点へ戻ってきてしまった。本当に、考えるのが苦手すぎる。自分は賢いと思っている山羊頭なら答えを知っているかと思い、話しかけようと口を開いた。

「なあ」

と、彩《いろど》り美しいサラダが、フォークで口元に運ばれてくる。催促《さいそく》じゃなかったんだけど。あーんと口を開けて食べさせてもらい、もぐもぐと咀嚼《そしゃく》した。野菜と、塩気の利《き》いた生ハムのようなもの。こちらに来てから、自分が食べているのが何の肉だかは考えないことにしている。

飲み込んでから、きいた。

「『人間らしい』って、どういうことだと思う?」

酔狂《すいきょう》にも、秀翔に昼食を食べさせていたサタナキアの動きが止まった。檻越しにこちらをじっと見つめる。秀翔が何かを言ったとき、彼は時折こんな表情を見せるのだった。

しげしげと秀翔を眺めてから、彼はおかしそうに口元をゆがめた。

「おまえが、わたしに、それをきくのか?」

バカにされているとわかる口調。まあ、バカなんだけど。だからって、「バカ」と言われたらバカだって怒る。

秀翔は唇をとがらせた。

「こういうのは、自分のことじゃないほうがわかることもあるだろ」

「なるほど。一理ある」

「なあ、どうなんだよ」

「そうだな……」と、彼は少し考えるそぶりをした。フォークに刺したカラフルなキュウリみたいなものを差し出してくる。また「あーん」と口を開けた。秀翔の口に野菜を突っ込んでから、サタナキアは答えた。

「わたしから見れば、おまえは非常に人間らしい。気難しく、気位が高く、脆弱《ぜいじゃく》な上に、エサもわたしと変わらないものを食べる。ペットとしては破格に金がかかる上に、実に面倒くさい」

正面切って「面倒くさい」と言われ、思わず「捨てんなよ」と言ってしまった。

サタナキアはハッハと声を立てて笑った。

「捨てはしない。そんなことはまったく気にならないほど、おまえは興味深いからな」

意外な言葉に、秀翔は目を瞬かせた。

「興味深い？」

「ああ」

「どこが？」

「たとえば、『人間らしいとは、どういうことか』と考えこんで、わたしにたずねてくるところ」

「……はぁ」

「他の動物にはないおもしろさだ。実に興味深い」

口調から察するに、嘘は言っていないのだと思う。たぶん。でも。

「わっかんねぇ……」

この山羊頭が考えていることが、秀翔にはさっぱり理解できないのだった。頭を抱える秀翔を、サタナキアは、言葉どおり、おもしろいものを見ている顔で眺めて、くつくつと笑っている。

「……あんた、変わってるな」

秀翔が言うと、「よく言われる」とうなずいた。悪口とも感じていないようすだ。先日は「物好き」を自称していたし、このぶんだと魔界の化け物たちのあいだでも変わり者扱いされているのかもしれない。

（そりゃそうか）

食用の人間をペットとして飼い、言葉を交わしてかわいがっている。

人間の秀翔にとっては、悪い山羊ではない。そして、魔界に連れてこられた人間としては悪くない——どころか、破格の待遇を受けているのだと思う。理屈では。

だが、当の秀翔自身が意外に思うくらい、秀翔の心は今のペット扱いを受け入れられないのだった。

ある日のことだった。秀翔は、サタナキアに連れられて、庭の散歩をしていた。サタナキアの城は広大だ。正面の庭園は専門の庭師によって整備されており、秀翔でもわかるバラから、いかにも人間界にはなさそうな見たことのない植物まで、さまざまな花が咲き乱れている。その向こうには深い森が広がっていて、散歩コースとしては十分な広さがあるのだった。

その日は、こちらの世界に来て初めて空が晴れていた。とはいえ、青空が広がるかといえばそうではない。薄鈍色《うすにびいろ》の空に、驚くような近さで、血のように真っ赤な天体とブラックホールのように真っ黒な天体が、絡まり合うように浮いている。

「こっちは月が二個あるの？」

秀翔が空を見上げてたずねると、サタナキアは「衛星だな」と訂正した。

「今は昼だろ？　太陽は？」

「ない」

「それで、晴れてても薄暗いのか。そんなんでよく植物が育つな」

言いながら、バラにしか見えない花の紅い花弁を撫でる。サタナキアは一つうなずいた。

「世界のすべてが、自分が正しいと信じている道理で動いているとは思わぬことだ」

また何か難しいことを言っている。

数日飼われてみてよくわかったが、この山羊頭はずいぶんと博識で、秀翔など比にならないほど理屈屋なのだった。山羊のくせに。

「ちょっと休憩《きゅうけい》」

庭園の端まで歩き、東屋《あずまや》に足を向ける。サタナキアは文句も言わずについてきた。二人は東屋のベンチに並んで腰を下ろした。

森の木立がさわさわと音を立てている。目の前を蝶《ちょう》が飛んでいった。一見、自然林のように見えるが、この森も庭師がそのように仕立てているのだ。殺伐《さつばつ》とした外の風景を思えば、この庭を維持《いじ》しているサタナキアはつくづく風流な趣味人なのだった。

その手のひらの上で、秀翔は大事に飼われている。

「何か食べるかね？」

「いい。今いらない」

サタナキアの問いかけに、秀翔は首を横に振った。

運動は、彼とする一日二回の散歩だけ。それ以外を四畳半の檻で過ごし、豪華な食事が三食と、午前と午後のお茶が出てくる。運動不足の過食ぎみで、昨日あたりから、勧められても食べたいと思えなくなっていた。

「どこか具合が悪いのか？」

「いや、運動不足なだけ」

立ち上がり、ダメ元できいてみた。

「この鎖、長くできないかな？　ちょっとそこらへん走りたいんだけど」

「いいだろう」

彼のとがった爪先が鎖に触れる。と、鎖の長さは十倍にもなった。元々重さはほとんど感じなかったが、こんなこともできるのか。彼の魔術は何度見ても驚いてしまう。

「すっげ」

「とりあえずの長さだ。からまらないようになっている。ここと城とのあいだなら、好きなだけ走るといい」

「わかった。ありがと！」

「いいか。ここと城のあいだだけだ。森へは一人で入ってはならない。時々外から魔物がまぎれ込むことがある。遭遇《そうぐう》したら危ないからな」

どちらかと言えば強面《こわもて》のくせに、まるで三歳児に言い聞かせる母親みたいだ。彼にとっては、秀翔はペットなので、それ以下の認識かもしれない。

「わかったよ」と苦笑して、さっそく花壇《かだん》のあいだの小径へと走り出した。元の世界ではランニングなんて興味なかったが、のびのびと走れるというだけですばらしく爽快《そうかい》な気分だ。思わず飼い主に感謝したくなる。

（……悪いやつじゃないんだよなぁ）

今別れたばかりのサタナキアの顔を思い描いた。

焦点《しょうてん》の合わない目は苦手だが、表情を読めないと困るほど気難しいわけでもない。むしろ、飼い主としてはペットに甘い。激甘だ。人間と犬なら、甘やかしすぎて犬をしつけられないタイプ。

「……でも、俺は犬じゃない」

走りながら呟く。

たいした人間なわけじゃないのはわかっている。頭がいいわけじゃない。運動も、長年続けたサッカーさえ大成しなかった。生まれつき顔がちょっとだけいいから、それを生かしてうまいことやっている、ごく一般的な大学生だ。だが、ごく普通の人間として、やっぱり犬と同じ扱いは受け入れがたいと感じるのだった。

まとわりつく服をいなしながら庭を一周してくると、サタナキアのところに、のっぺらぼうのメイドが来ていた。

家事妖精の一種だという彼女らは、秀翔に聞こえる声はもたないが、サタナキアとは意思の疎通ができているらしい。今もサタナキアは「わかった」とうなずいて、秀翔のほうを見た。

「来客だ。少し戻るが、おまえはどうする?」

「まだ走りたい」

「わかった」

彼はとがった爪先で東屋の柱に触れ、天井付近に作り出したフックに鎖の端をかけた。

「くれぐれも森へは行くな。庭でいい子にしていなさい。すぐ戻る」

「はーい」

返事をし、彼の後ろ姿を見送った。再度、庭に走り出す。

だが、庭をもう一周して戻ってきても、サタナキアの姿は見えなかった。

ふと魔が差したのは、そのときだった。

(あれ。これ、俺今一人じゃね？)

ドクンと心臓が跳ねる。庭で一人。鎖のフックは手の届かない位置にかけてあるが、手が届けばはずせそうな気がする。

逃げるなら今だ。誰かが耳元でささやいた。

(どうする。逃げる？　やっちゃうか？)

再三サタナキアに言い聞かされたとおり、この城を出たところで行くあてはない。彼の言葉が真実なら、逃げたところで人間界には戻れない。外に出ても死ぬだけかもしれない。でも、あのフックをはずすだけで自由になれると思ったら、居ても立ってもいられなくなった。

「……よし」

大急ぎで東屋の柱をよじ登る。後になっても思うのだが、自分でもどこからそんな力が出たのか、不思議になるくらいだった。とにかく、自由になりたくて無我夢中だったのだ。

とうとうフックに手が届いた。鎖をはずす。こんなこともできないと思われていたのだろうか。フックの位置が高かったから？　それとも、今まで無駄だと思って逃げようとしたこともなかったから油断したのだろうか。

（か弱い女子供じゃねぇっつーの）

あっけなく外れたフックを投げ落とし、自分も床へ飛び降りた。

「自由だ」と呟いてみる。自由だ！　首から鎖は下がっているけれども。

ジャラジャラと長い鎖を抱え、森のほうへ足を向けた。「森へは一人で入ってはならない」というサタナキアの言葉を忘れたわけではなかったが、城の敷地を出るには森を通らなければならないのだからしかたがない。

森の中は気持ちがよかった。首輪も鎖もついているが、自由だと思うだけで心は軽かった。やっぱりこうでなくては。やっとわかった。「人間らしく生きる」には自由が必要なのだ。もう、あの山羊頭に教えてやることはできない。

どのくらい歩いただろう。

ふと、後ろから何かが付いてきているような気がした。カサッという小さな音に振り返る。

（……サタナキア？）

いや、もしそうなら、とっくに声をかけてきているだろう。

あたりを見回す。何もいない——が、動物的な勘が言っていた。危険だ。逃げろ。危険が差し迫っている！

「……っ」

衝動的に駆け出した。鎖が邪魔だ。重くはないが長すぎて走りにくい。と思うと同時、横の茂みから、背後に大きな影が躍《おど》り出《で》た。走りながら、再度振り返る。

「なんっだ、あれ……っ」

いや、蜘蛛《くも》だ。全身を黒い剛毛に覆われた、秀翔よりも大きな蜘蛛だった。同じ魔界の生物だが、サタナキアはもちろん、市場で見たあの白猿とも違う、もっと知性の低い、動物的な魔物だ。ぎらぎらと光る赤い目と赤い口だけがはっきりと見えた。

必死で逃げる。だが、ベタベタと粘つく糸が大蜘蛛の口から伸びてきて、秀翔の左足に絡みついた。締め上げる強さで引っ張られる。

「うわぁあああっ」

後ろへ引き戻されながら叫んだ。死ぬ。喰われる。殺される。本能的にそう悟った。何もできない。ただ、ぎゅっと目を瞑《つぶ》る。ギチギチと大蜘蛛の口から得体の知れない音が聞こえている。気を失いそうになった。声を振り絞って叫ぶ。

「サタナキア！　助けて、サタナキア……!!」

そのときだった。背後で突然、激しい悲鳴が上がった。唐突に、左足を締め上げていた糸が力を失い、秀翔は地面に放り出された。

おそるおそる振り返る——と、目の前に黒い大きな鳥が降り立った。

「え……、あ！」

鳥に見えたのは、大きな漆黒《しっこく》の翼だった。視界をさえぎっていた翼が宙に消える。と、そこに立っていたのは、見慣れた三本角の山羊頭だった。

「サタナキア！」

彼はこちらをちらりと見た。だが、秀翔の無事を見て取ると、何も言わずに前方を向く。全身の毛を逆立《さかだ》て、足を広げて威嚇《いかく》する大蜘蛛に向かい、一言、魔族語で何かを言った。彼の放つ怒気で空気がビリビリふるえている。直接言葉を向けられたのではない秀翔ですら、ふるえ上がるような威圧感《いあっかん》だった。

大蜘蛛が一歩後ずさる。一歩。また一歩。八つの脚でじりじりと後ずさり、森の奥へと消えていく。

「……」

気が抜けて、秀翔はその場にへたり込んだ。助かった。死ななくて済んだ。ただそれだけが頭を占めている。

大きなため息が頭の上から降ってきた。ギクリとし、おそるおそる顔を上げる。サタナキアは、やっぱり感情の読めない表情でじっと秀翔を見下ろしていた。さすがに今ばかりは、その無表情ぶりにヒヤヒヤする。彼はすっと腰を落とした。

「怪我は?」

「え?　……あ、うん……」

てっきり逃げたことを怒られると思っていたので拍子抜けした。

怪我。言われてみると、全身泥《どろ》だらけだ。足を掴んで引きずられたせいだった。あちこち打った気はするが、両膝と左肘《ひだりひじ》の擦り傷《すりきず》以外は血も出ていない。

「だいじょうぶみたいだけど……ごめん。服汚して」

「そんなことは気にしなくていい」

そう言って、秀翔に手を差し出し、立ち上がるのを助けようとしてくれる。

秀翔はその手に自分の手を重ねたが、立ち上がることはできなかった。

「どうした?」

「……立てない」

腰も膝も力が抜けて、ガクガクふるえて立ち上がれない。目に見えるほどふるえている手を彼に見せる。なぜだか自分でもわからないが、つい、へらっと笑ってしまった。

「見てよこれ。みっともねー」

何が「か弱い女子供じゃない」だ。彼に守ってもらわなければ、自分の身一つ守れないくせに。自分で自分に突っ込んでしまう。

サタナキアは小さく息をついたかと思うと、そっと秀翔の肩に手を置いた。秀翔の反応を見ながら、そうっと抱き寄せる。

「怖かったな」

「……」

目を瞠《みは》った。だって。

（あんたがそれを言う？）

魔族の理屈で、人間の秀翔に首輪をつけ、檻に閉じ込め、ペットとして飼っている。秀翔の目から見れば、三本角の山羊頭も、完全にあちら側の生きものだ。

だが、サタナキアの今の言葉は、あきらかに秀翔を自分と同じくくりに置いていた。サタナキアと秀翔のいるくくり。それを、秀翔を食おうとした大蜘蛛とは対極に位置づけている。

（へんなの）

だけど、ほっとした。すごく、すごくほっとした。

この世界では人間は食肉扱いなのかもしれないが、彼だけは違うと感じられた。喰わない。殺さない。ただそれだけではない、何か。

全身から力が抜けていく。片手を上げ、彼の背中を抱き返した。今度はサタナキアが一瞬体をこわばらせる。だが、すぐに強く抱きしめてくれた。

「……ごめん」

もう一度、謝罪が自然と口を突いた。

ただ自由になりたかった。首輪につながれるなんてまっぴらだ。今だってやっぱり抵抗がある。それでも、この世界では、サタナキアに守られた城の敷地内でさえ、秀翔は一人では生きていけないのだった。

サタナキアは、同性の人間をペットにしようなどと考える変態だが、彼なりに秀翔を守ろうとしてくれている。なのに、秀翔は彼の言いつけを守らなかった。後先考えず逃げ出した。迷惑をかけた。それなのに助けてくれた。だから。

「ごめん」

サタナキアは秀翔の頭をさらりと撫で、「危ないと言っただろう」と言った。ちっとも怒った声じゃなかった。

思わず、目の前の山羊の顔を見つめる。

「……あんた、かっけぇな」

口からまろび出た言葉に驚いたのは、秀翔だけではなかった。サタナキアも、横長の瞳孔が丸くなるほど大きく目を見開いている。

それから、ふと笑うと、「戻ろう」と言って、秀翔を抱き上げた。思わず、「うわっ」と声を上げる。

「ちょ、待って。下ろせよ！」

「だが、立てないんだろう」

そうだった。だが、こんなふうに、子供みたいに抱き上げられるなんて恥ずかし過ぎる。身長差は十センチちょっとしかないのに、体格の差をまざまざと感じた。

「しっかり摑まっていろ」

そう言うと、サタナキアは再び背中の羽を現し、空へと舞い上がった。

「うっわ……っ」

あっという間に森の木々がはるか下だ。彼の首筋にしがみつく。鼻の奥に沁《し》みるような、男性的な香りがした。秀翔は使ったことがないが、男性用フレグランスの匂いに似ている。その匂いにも、高さにも慣れる間もなく、サタナキアは数度羽ばたいただけで、城のバルコニーに降り立った。

「……すげーな。空も飛べるんだ」

つやつやと美しい漆黒の翼に、思わず手を伸ばす。勝手に触ろうとして、ふと、手を止めた。

「触っていい？」

「ああ」

許可を得て、そうっと触った。羽の流れに沿って撫でると、つるつると指がすべる。ちょっと意外だ。鳥の羽って、もっとモサッとしたイメージだった。

「これ、いつもは隠してんの？」

「邪魔だからな」

「格好いいのに」

「……好きか?」

たずねられ、面食らった。好き?

(「好きか」って)

とたんに、自分が恥ずかしいことをしているような気分になる。あわててパッと手を離した。

「いや、好きっていうか………いや、好きだよ。あんたの姿って、あっちの世界でたまに見かける悪魔の図そのものだし。翼があると余計それっぽくてかっけぇなと思うけど、別に他意はないから」

ついつい早口にまくしたてる。

サタナキアは、焦《あせ》りまくる秀翔を気にするでもなく、落ち着いた声で「そうか」と言うと、翼を消した。やっぱりちょっと惜しいなと思う。せっかく格好いい翼なのに。素直に「好きだからずっと出しといて」と言えばよかったのか。

(いやいや、それこそおかしいだろ)

ガシガシと髪をかき乱す。

ふと見ると、サタナキアのローブの背中には、大きな穴が二つ開いてしまっていた。消えてしまった翼の痕跡《こんせき》。今はその穴から、青黒い肌のたくましい背中がのぞいている。なんだか見てはいけないものを見たような気になって、思わず目をそらした。

「……ごめん。逃げて」

もう一度謝った。

サタナキアは、それについては何も言わず、「風呂に入ってきなさい」と秀翔の背中を押した。やっぱり、ちっとも怒った声じゃなかった。


サタナキアがささやかな贈り物をくれたのは、その次の日のことだった。

キラキラ光るガラスのペンと、壺《つぼ》に入ったブルーブラックのインク。上等な革表紙のノート。彼の趣味は一貫《いっかん》してアンティークだ。自分の服はともかくとして、秀翔も前より好きになってきた。

「何これ？　綺麗だね。何すんの？」

ガラスペンを照明にかざしながら秀翔がたずねると、彼は偉《えら》そうに言った。

「わたしたちの言葉を教えてやろう」

「え」と、驚く。思わず彼の顔を見た。

サタナキアは秀翔の手からペンを取り、インクをつけて、さらさらとノートの一ページめに何かを書き付けた。ふしぎな文様にしか見えないが、「これで『シュート』と読む」と言う。

「言葉と文字を覚えれば、本も読める。そうすれば暇もつぶせるだろう。さすがに、人間の言語で書かれた本は持っていないからな」

なんと、秀翔の暇つぶしのために魔族語を教えてくれるつもりらしい。

（えー。ありがたいような、迷惑なような、面白そうなような……）

というのが、正直な感想だ。

「英語ペラペラってかっけぇし、もてそうじゃん?」という安直な理由から国際人文学部に進学したし英語もそこそこ勉強したが、そもそも秀翔は特別勉強が好きな学生ではなかった──というのはまあ、見栄を張った言い方なわけで、つまり、ごく普通の、興味がないことについては勉強しなくてもいいならしたくない大学生だった。「人権!」事案に満ちたペット生活のメリットの一つが、「勉強しなくてもいいこと」だったわけで、暇だ暇だと思ってはいたものの、いざこうなるとちょっと面倒くさい。

だが、サタナキアはとてもいいアイディアだと思っているようだった。博識で、頭も本当によさそうだから、きっと勉強が苦じゃないタイプなんだろう。そんな彼に、「面倒くさい」「勉強は好きじゃない」とは言いづらい。

（ま、暇なのは本当だし、何かの役に立つかもしれないし）

受験勉強じゃないんだから、のんびりやってもいいかと思っていたら、

「ついでに、おまえの国の言葉も教えてくれ」

そう言われて、さらに驚いた。思わずサタナキアの顔を見る。

「俺のって、日本語のこと？」

「日本語というのか？　時々呟いているだろう。おまえの母国語かと思ったのだが」

「うん。まあ、そうなんだけど……」

秀翔は戸惑った。「言葉を教わる」だけならまだしも、「言葉を教える」という行為は、ペットが飼い主に対してすることだろうか？

（……いやまあ、アリか）

だいぶ前だが、犬の気持ちがわかる装置だかなんだかをインターネットで見たような憶えがある。人間が猿やイルカに、言葉とジェスチャーで芸を教える例もあるし。

なにより、言葉を知りたい、気持ちを知りたい、相手のことをもっと知りたい——それが単純な知識欲や知的好奇心からだとしても、自分に興味を抱《いだ》いてもらうのは、やっぱりうれしいことだった。

「……いいぜ。やろう」

そうして始まった勉強会だが、秀翔はなかなか苦戦した。

魔族語はまず発音が難解だ。たぶん、魔物と人間では、喉や舌、耳の精度が違う。聞き分ける耳も十分ではないから、発音もなかなか上達しない。挙げ句に、活用の変化も複雑で、とても一朝一夕《いっちょういっせき》に身につくものではなかった。

一方のサタナキアは、「すごい」とか「めちゃくちゃ」をはるかに通り越して、笑いたくなるほど……いやもう、正直もうひれ伏したくなるほど頭がよかった。前から理屈屋で博識だと思ってはいたが、そういうレベルではない。教えたことは一度で覚えて当たり前。どころか、一教えれば十理解するような回転の速さだ。ちょっと前から彼の英語が上達したように感じていたが、それは秀翔との会話から彼が英会話を学んでいたわけで、つまり、秀翔の英会話能力に合わせた上達だった。そんな彼に、母国語である日本語を教えるのだ。恐ろしいことに、彼はあっという間にネイティブレベルで日本語を話せるようになってしまった。

「こっわ……」

「怖いとは、何が？」

「あんたの頭がよすぎて怖い」

正直に言ったら、サタナキアは目をぱちくりとさせ、こらえきれないというように噴き出した。太くて低くてやわらかい、大人の男の笑い方。

ひとしきり笑うと、彼は真面目な声で言った。

「知識は力になる。わたしは、この世のあらゆることを知りたい」

「知りたいって、知ってるわけじゃないの？」

「すべてではない。わたしは神ではないからな。だからこそ、知らないことは知りたくなる。知らないことを、どれだけ減らせるかが、わたしの楽しみだ」

「神……」

その語が、彼のような魔物の口から出てくると、ものすごい違和感がある。だが、サタナキアはゆったりと笑うだけだった。

彼の、文字どおり超人的な学びとは対照的に、秀翔の魔族語習得は遅々として進まなかったが、教師役のサタナキアは怒りも落胆《らくたん》もしなかった。意思疎通の必要があれば日本語で話せばいいので、特に急ぐ必要もない。でも、秀翔に魔族語を教えているときのサタナキアはどことなく上機嫌だ。物知りだから、人に教えることが好きなのかもしれない。だから、ついつい、彼のために勉強したくなる。

「あんたはいい先生だね」

あるとき秀翔がそう言うと、彼は「そうかね」とまんざらでもなさそうな相槌《あいづち》を打った。

「教え方がすごくうまい」

「そうか」

魔族語の勉強中だった。秀翔のほうは片言だったが、サタナキアはやはり、なんとか秀翔の言いたいことを聞き取ろうという態度でいてくれる。

それでも魔族語でこれ以上の雑談は無理だなと思い、秀翔は日本語に切り替えた。

「それに、俺、バカだから。比べるのも申し訳ないくらい、あんたみたいにはできないじゃん。でも、あんたは俺をバカにしないよな」

檻の向こうで顎鬚を撫でながら、サタナキアは小さく首をかしげた。

「確かに、おまえの学習はゆっくりではあるが……しかし、我々はわからないからこそ学ぶのではないか？」

「でも、高校時代の数学教師なんて、文系の俺らのことなんかバカにしきってたぜ」

「高校？　数学教師？　文系？」

「ああ、『高校』っていうのは、学校の一つ。日本では、小学校に六年、中学校に三年、高校に三年、大学に四年通うんだ。『数学』は『math』、『mathematics』。『教師』は『teacher』。『文系』は『language』や『social studies』が得意なやつらのこと」

「ほう。つまり、数学を得意とする教師が、数学を苦手とする生徒をバカにしていたと言うんだな」

「そうそう」と、秀翔はうなずいた。

こんなふうに、教える側、教わる側は自然に入れ替わる。こうして言葉の勉強を始めてから、なんとなく、以前よりもペット扱いが少なくなってきたように感じていた。これについては、秀翔のほうが、ペット扱いに慣れてきてしまったせいもあるかもしれないが。

サタナキアは、秀翔の今までの暮らしについても聞きたがった。どんなところに住んで、どんな暮らしをしていたのか。好きな食べ物。嫌いな食べ物。好きなこと。嫌いなこと。

（初デート後のラインみてぇ）

笑ってしまいながら答える。

「好きな食べ物は……そうだなぁ。こっちで食べてないものだと、米と味噌汁《みそしる》」

「米はどうする。煮るのか？」

「煮るっていうか、炊く。まあ、どっちも水入れて火にかけるんだけど。鍋《なべ》で炊いたことないけど、たぶん、ちょっとぐつぐつ煮てから蒸らす……？」

「なるほど。味噌汁とは？」

「味噌っていって、大豆を発酵《はっこう》させた調味料があるんだ。それで味付けしたスープ。具はだいたいなんでもいける」

「そうか。難しいかもしれないが、料理長に頼んでみよう」

深遠なる命題を与えられた学者のような顔で、彼が重々しくうなずいた次の日。夕食には、白米と味噌汁が並んだ。秀翔は思わず叫んだ。

「すっげぇ！　ありがとう！」

「いや。わたしも、おまえの好きな物に興味があった。確かにおいしいな」

なんでもないふうに言ってくれるが、言われたこちらは恥ずかしくなる。思わずスプーンを持っていないほうの手で顔を隠した。

「あー……、あんたって、ほんと、俺に甘いな」

「甘いとは？」

余計なことを呟いたせいで、さらに恥ずかしいことを説明させられる。だんだん顔が火照ってきて、スプーンを置き、両手で自分の顔を隠した。

「シュート？」

「なんでもない。……んーと、ダメになるくらい、かわいがりすぎること……？」

「なるほど。『indulgent』」

サタナキアが冷静なのが救いだが、自分だけこんな気分にさせとくなよとも思う。

檻を挟《はさ》んで、彼と話しながら食べた白米と味噌汁は、人生で食べたどの白米と味噌汁よりおいしかった。それはもう、泣けるほどに。

「……シュート」

食事の手を止め、気遣わしげな声音でサタナキアが名前を呼ぶ。秀翔は目尻《めじり》から落ちた涙をぬぐって笑った。

「違う。悲しいんじゃない。大丈夫。おいしいんだ。ただ、あんまりおいしくできてるから、つい父さんや母さんや兄ちゃんや姉ちゃんは元気かなって……」

言っているうちに、逆に涙が止まらなくなってしまった。

最初に帰る方法がないと聞かされたから考えないようにしていたが、本当はずっと気になっていた。

向こうの世界ではどのくらいの時間がたっているだろう。大学は。アルバイトは。一人暮らしに借りていた部屋はどうなっているのか。実家の父や母や兄姉、友人たちはどうしているのか。もう二度と会えないのか…………。

「シュート」

自分のテーブルを離れ、サタナキアが檻の向こうまで来た。心配している気配が伝わってくる。

「寂しい。帰りたい……」

呟いて、両手で顔を覆う。日本語を教える前なら、弱音を吐いたって、彼には意味がわからなかったのに、今ではすべて伝わってしまう。

檻の扉が開く音がして、サタナキアが中に入ってきた。シュートが彼のペットになってから、初めてのことだった。抱き寄せられ、抱きしめられる。

「……」

帰りたいという願望。圧倒的な寂しさ。いい年した男がメソメソ泣いて恥ずかしい。でも、やさしくされてうれしい気持ち。そういう感情が一気にわっと押し寄せてきて、涙になってあふれだす。

彼の背中に手を回した。抱きかえすと、ますます強く抱きしめられた。がっしりと厚みがあり、たくましい体。フレグランスが鼻をくすぐる。山羊のくせに、気遣い屋なのだ。たぶん彼自身の体臭も混ざっているのだろうが、とても男性的でセクシーな匂いだった。何もかもが、頼りになる大人の男。

（俺が女だったら、抱かれてもいい）

山羊だけど。

ついそんなことを考えていたら、「わたしには、父や母と呼ぶ存在がいないが」と、彼が言いだして、あわてて妄想を打ち消した。あぶない。なんだ、「抱かれてもいい」って。

危険な思想から逃げるように意識を会話に切り替える。

サタナキアは、秀翔の動揺に気づかず、続けた。

「わたしは、いわゆる……何だ？　雄《おす》と雌《めす》の交尾によって生まれたわけではないので」

「え、そうなんだ？」

「ああ。気がついたら、この世界に生まれていた。だから、シュートの気持ちを、本当に理解してやるのは難しい。だが、騙《だま》されて、突然知らない世界に連れてこられて、喰われそうになって、怖かっただろう。家族や友人や同族と引き離されて寂しいだろう。さぞかし帰りたいのだろうな……」

「…………」

秀翔は唇を開き、けれど、言うべき言葉が見つからなくて、口を閉じた。

（あんたが、それを言うのか）

衝撃だった。

秀翔に首輪をつけ、檻につないで、ペットとして飼っている、山羊頭の悪魔。そのサタナキアが、それを言うのか。「帰る方法はない」と希望を奪い、今のペット生活の「いったい何が不満なのだ」と言い放った、その口で。

それでも、彼が示してくれた理解と共感は、深く、秀翔を揺さぶった。

秀翔が、いつの間にか、彼を頼りにし、彼との会話を楽しいと感じ、彼と過ごす時間を心地よいと思うようになったように、彼の心にも、なにがしかの変化があったのだと思う。もしかしたら、今の彼なら、方法さえあれば、本当に秀翔を人間界に帰してくれるかもしれない。そう思ってしまうほど、秀翔は彼という魔物を「良いもの」と思うようになっていた。

博識でやさしい山羊頭のサタナキア。強く彼を抱きしめて、「ありがとう」と言った。

「あんたはやさしい」

やさしすぎて、ドキドキしてしまう。「女だったら」とか関係ない。求められたら、男でも抱かれてしまいそうだ。

秀翔は同性愛者ではない。それ以前に、山羊頭の悪魔相手にときめくなんてありえない。だから、このドキドキは、「魔界に攫《さら》われてきて生命の危機にさらされている」という異常な状況で、やさしくしてくれる相手に好意を抱かずにいられない精神状態なだけ。

そう考えようとしているのに。

「……おまえが、かわいすぎるのだ」

耳元でささやかれた言葉は、声は、彼自身の戸惑いもしっかり秀翔に伝えてくる。

「かわいくはねぇだろ」

「いや、かわいい」

(わっかんねー)

もしかして言葉を間違えているのか？　いや、彼にかぎってそんなことはあり得ない。ならば、彼もまた自分の変化に当惑しているのかもしれない。

その動揺は秀翔にも伝わって、より、落ち着かない気分にさせられた。

4

やばいなぁと思う。

先だっての「人間らしいとは」という哲学的命題に答えは出ないままなのだが、残念なことにこれだけははっきりとわかる。

「人間としてやばい……」

呟くと、背後に立ち、髪をとかしてくれていたサタナキアが「やばいとは？」とたずねた。

「まずい、望ましくないってこと」

「ふむ。何がだね？」

何が。「何が」か。

考えて、秀翔《しゅうと》は「今の状況」と答えた。

「首輪をつけられて、檻に入れられて、散歩は首輪と鎖つき。菓子やご飯を『あーん』で食べさせてもらって、風呂上がりにはこうして髪を乾かしてもらって……」

「悪くない生活だろう」

「悪くないなって考えるようになってるのが、すげぇまずい」

深刻な顔で秀翔が言うのを、サタナキアは喉の奥で笑いながら聞いている。いかつい三本角に野性味のある強面《こわもて》、立派な体格、加えて重々しい口調のため、一見そうは見えないが、この山羊頭の魔物は意外とほがらかに笑うのだった。いつもさっぱりとしていて、根が明るい。人としてつきあいやすいタイプだ。

（いやいや、「人」じゃない。魔物だって）

自分で自分の思考に突っ込みを入れながら、秀翔は小さく息をついた。

こちらの世界に攫われてきて、約二週間。この生活にもすっかり慣れてしまった。最初は反発と抵抗しか覚えなかった首輪と鎖つきの檻生活も、今はもう以前ほど不快には感じない。「人権！」を主張したい気持ちが消えてしまったわけではないが、これらを身につけることで安全が確保され、サタナキアが安心できるのならまあいいかと思うようになってしまった。

秀翔にSMの趣味はない。今でもサタナキア以外の他人にペット扱いされるなんて、冗談じゃないと思う。だが、彼が秀翔を気に入り、彼の価値観の中ではたぶん破格に——それはもう、ペットに対して甘すぎると当の秀翔があきれるほど、大切にしてくれているのがわかるので、以前ほど抵抗がなくなっているのだと思う。

彼と出会ってから何度も思ったことだけれど、

（悪いやつじゃないんだよなぁ）

どころか——「抱かれてもいい」はまあ、冗談だけど、人間同士だったら友達……になるには、ちょっと年が離れすぎているか。彼のほうがだいぶ年上だろうから、尊敬する人になっていたかもしれない。ついそんなことを考えてしまうくらいには、いい人——ではなかった。いい魔物なのだ。

「よし、乾いた」

満足そうに言う彼に、「ありがとう」と礼を言う。早めの夕食を終え、風呂に入り、寝てしまうにはまだちょっと早い時間。

「秀翔。トランプをしよう」

いそいそとカードを持ち出して正面に座る彼に笑いながら、秀翔は「いいよ」と答えた。ここ数日、彼を夢中にさせているのが、このたわいないカードゲームなのだった。

最初は、秀翔から彼を誘った。散歩にも出られない、鬱々とした雨の午後、ちょっとした暇つぶしになればいいと思った。

もらった紙をカード大に切って数字を書き、手製のトランプを作った。ババ抜き、大富豪、七並べ、神経衰弱《すいじゃく》を教えたところ、彼がもっとも気に入ったのは、意外にもババ抜きだった。たぶん、大富豪や神経衰弱のような頭脳ゲームも嫌いではないのだろうが、何せ神のような頭脳を持ち合わせた魔物である。たとえば神経衰弱では、カードを伏せた時点で当たり前のようにすべての配置を覚えていて、一度彼に回った順番は二度と秀翔に戻ってくることはなかった。

つまり、頭脳ゲームでは力の差がありすぎて勝負にならないのだ。

だから、彼とのトランプは、もっぱら運に勝敗を左右されるものばかりだった。彼が特別に作らせたらしいカードを使い、ババ抜き、ジジ抜き、七並べにダウト、スピード、ブタのしっぽ。単純なゲームばかりを、いい大人が二人、夜な夜な真剣にやっている。冷静に考えると滑《こっ》稽《けい》だが、悪くはなかった。

「はい！」

スピードの場に勢いよく自分の手札を並べきり、秀翔はパッと右手を挙げた。サタナキアが動きを止める。彼の手元にはまだ三枚、札が残っていた。

「やったー、俺の勝ち！」

笑って言ってしまってから、おっと、と思い直す。仮にもご主人様相手にはしゃぎすぎか。だが、こちらを見るサタナキアの目はやわらかかった。口元もやさしく笑んでいる。負けたにもかかわらず、彼はちっともくやしそうではなかった。

今夜は、ダウト、スピードとやって一勝一敗。

ババ抜きやスピードのように完全に運任せのゲームでは五分五分だが、やはりダウトのように少し頭を使う要素が入ってくると、とたんにサタナキアが有利になる。逆に言えば、そういうゲームばかり選んでしていれば、彼が負けることはないのに、彼がやりたがるのはもっぱら運任せのゲームなのだった。

今も、彼は「次はババ抜きにしよう」と言っている。

「いいけど」

場に散らばった札を集め、入念にシャッフルしてから配る。

「なんで、負けるかもしれないゲームが好きなわけ？　負けるの悔《くや》しくね？」

彼の手の中から札を引きながら秀翔がきくと、サタナキアは眉をひょいと上げた。

「単なるカードゲームだからな。勝敗にはこだわらない」

「……まあ、そうなんだけど」

でも、仮にもご主人様がペットに負けるというのは、どういう気分なんだろうと思う。もはや人間と動物に置き換えて考えることは不可能なので、秀翔には未知の感覚だが。

サタナキアは、秀翔の手からジョーカーを抜き、顔をしかめた。手の中にカードを隠し、シャッフルしながら、少し考えるそぶりをする。

「……確かに、わたしはおかしいのかもしれない」

彼の口から思いがけない言葉が飛び出し、秀翔は「え？」と目を瞬いた。サタナキアは持ち札を広げながら、この世の真理について論じているような口調で続けた。

「おまえに負けると、悔しいと思うより、愉快だと感じるのだ」

「ええ、何それ？」

意味がわからない。サタナキア自身も、自分で言っておきながら同じようで、それきり黙り込んでしまった。

黙々とカードを抜く。二人きりだから、ジョーカーを引かないかぎり、淡々と持ち札は減っていく。

物思いにふける山羊の顔を眺めながら、秀翔はぼんやり、格好いいなと思った。人間に美《び》醜《しゅう》があるように、山羊にも美醜はあると、彼に会って初めて知った。

ぐるりと巻いた雄々しい両角。後ろへ長い、真ん中の角。彼のシンボルである三本角はアンティークな装飾品のようだし、白と黒が混じる長毛も美しくブラッシングされている。最初は苦手だった、焦点の合わない横長の瞳孔も見慣れてしまった。最近では、そこに浮かぶ表情さえわかる気がする。

(ほんと、イケ山羊だな)

バカなことを考えていたら、長考を終えたらしいサタナキアが、いつの間にかこちらを見ていた。

「何？」

「おまえたち人間は、思っていたよりも良き隣人なのかもしれない」

静かな声音だった。彼自身も、その言葉を嚙みしめているのが伝わるような。

秀翔は目を見開き、じわじわと赤面した。

(うわ、何だこれ)

顔が熱い。心が浮き上がるのを止められない。だって、彼の今の言葉は、秀翔を確かに「人間扱い」してくれていた。知性ある人間として秀翔を認め、秀翔を通して人間を「良き隣人」と認めてくれた。それが思いがけないほどうれしい。

真っ赤になってしまった秀翔の反応を、サタナキアは笑わなかった。ただじっと秀翔を見つめ、秀翔が見返すと、うるんだような目を手札に落とした。彼もまた、彼自身の認識の変化に戸惑っているのかもしれない。

ババ抜きは、サタナキアの勝ちだった。秀翔が持った二枚の札から、サタナキアがハートの1を引いた。秀翔のように派手に喜ぶわけではないが、彼が目元をゆるめて笑った瞬間、秀翔の心臓はどくりと跳ねた。

「そろそろ寝よう」

彼が立ち上がり、秀翔を檻の入り口まで送ってくれる。「おやすみ」と頬にキスをされるのは、ごく当たり前の習慣になっていたが、今夜はダメだった。さらに心臓が大きく跳ねる。

秀翔は呆然と彼を見上げた。寂しい。もうちょっとだけ一緒にいたい——そんなことを、一瞬でも考えてしまった自分に動揺する。

「秀翔？」

「……っ、おやすみ！」

振り払うように言い放って、ベッドに突っ伏した。赤くなった顔を見られたくなかった。これは——この関係は、ご主人様とペットというより、まるで独占欲の強い恋人に束縛《そくばく》されているようだ。そんなことを考えてドクドクと走る心臓は、どこかへ飛んで行ってしまいそうだった。

そんなある日、サタナキアの友人が城を訪れた。

その日も雨が降っていて、秀翔は散歩の代わりに、サタナキアとポーカーをやっていた。賭け事をしない、単純な勝ち負けだけのゲームだ。

トントントン、とノックがあり、執事が部屋のドアから顔を覗かせた。魔族語を習っても、やはり、彼ら家事妖精とサタナキアの意思疎通がどのようになされているのかは、秀翔にはよくわからない。

サタナキアはいつものように執事の無音の言葉に耳をかたむけ、「わかった。ここへ通してくれ」と言った。執事が深く頭を下げて部屋を出ていく。

「お客さん?」

秀翔がたずねると、彼は「ああ」とうなずいた。

「ここへ来るが、怖がる必要はない。彼はわたし以上に穏やかな性格だ。それとも、念のため、檻に入っておくかね?」

秀翔は少し考えて、たずねた。

「ここにいても喰われない？」

「わたしがそう言えば」

「守ってくれるだろ？」

「もちろんだとも」

「なら、ここでいい」

なんとなく、サタナキアがそうしてほしそうだったから、そう答えた。

テーブルのトランプを片付けていると、再びノックがあり、執事が客を連れてきた。

「サタナキア。ひさしぶりだな」

割れるように太く野低い声が部屋に響く。入ってきたのは、サタナキアよりもさらに一回り大きな赤獅子だった。筋骨隆々とした人体に獅子の頭。その肌も体毛も真っ赤だ。目だけが金色に輝いて、まるで全身が燃えさかる炎のようだった。

（……すげ）

その圧倒的な赤色と、モリモリと盛り上がった筋肉のボリュームに、秀翔は目を奪われた。

サタナキアが、「よく来たな」と魔族語で応じている。

赤獅子は、筋肉を誇示《こじ》するかのように上半身はほぼ裸だった。神社の門に置かれた仁王像のような体に、秀翔の頭など一噛みで噛み砕いてしまいそうな獅子の頭。「穏やかな性格だ」と聞いていなければ、恐怖で逃げ出していたかもしれない。というか、正直、やっぱり怖いものは怖い。

（ほんと、いるわ。檻）

こんなやつらが屋敷の中を闊歩しているなら、そりゃエサは喰われないよう檻に隔離しておくしかないだろう。あの檻は秀翔のための安全地帯なのだ。自分から逃げ込みたくなってくる。

それでも、今逃げたら失礼だろう。本能的なふるえを押し込め、じっと椅子に座っていると、サタナキアが彼をこちらに連れてきた。

「アロケル。彼を見に来たんだろう」

「そうそう。おまえがめずらしいものを飼いだしたと聞いてな。彼か？」

「そうだ。秀翔という。人間だよ」

秀翔は椅子から立ち上がった。さいわい、簡単な挨拶《あいさつ》くらいは魔族語でもなんとかなる。

「はじめまして。秀翔といいます」

「おおっ!?」

アロケルと呼ばれた赤獅子は目を剝《む》いて秀翔を見た。怖い。思わず少し顎を引く。

「しゃべったな？　おい、しゃべったぞ。俺たちの言葉がわかるのか」

「少しだけ」とうなずいた。秀翔が怖がっているのがわかっているのだろう。サタナキアは今にも噴き出しそうなのをこらえている顔だ。

アロケルは、ほーっと感嘆のため息をついて秀翔を頭のてっぺんからつま先まで眺め、「アロケルだ」と右手を差し出してきた。真っ赤な、鬼のようにゴツゴツした手。……まあ、握りつぶされることはないだろう。

慎重に差し出した秀翔の手を軽く握って放すと、アロケルは隣のサタナキアに視線を移した。

「おまえがまた酔狂を始めたと聞いてはいたが、ここまでとはな」

「おもしろいだろう」

「おもしろいというか、びっくりした」

「おもしろいんだよ。おまえも彼と過ごせばわかる」

言いながら、サタナキアは秀翔を自分の隣に呼び寄せ、空《あ》いた一人がけの椅子をアロケルに勧めた。黙ってサタナキアの隣に腰を下ろした秀翔を、獅子の目が興味津々《しんしん》にうかがっている。

「バフォメットとレオナールが嘆《なげ》いていたぞ。彼に会ってみたいと城まで行ったのに追い返されたとな」

アロケルの言葉に、サタナキアは肩をすくめた。

「どうせ秀翔を喰うか犯すかするつもりだったんだろう。あいつらときたら、人間は喰うかセックスするかしか使い道がないと思っている」

「おまえだって、数百年前にはサバトで好き放題していたくせに」

「おい。よせ」

二人は気安い関係らしく、サタナキアの口調も軽い。ぽんぽんと交わされる魔族語の会話はところどころ聞き取れない単語もあったが、なんとなく意味はわかった。思わず隣を見る。サタナキアが、なだめるように秀翔の肩を抱いた。

「彼に会って認識が変わった。サバトに集まるような、薬と魔術で正気を失った人間はごめんだが、そうではない人間は実に興味深い生きものだ。今では、わたしは彼らのことを良き隣人だと考えている」

「……へぇ」

アロケルは再び、金色の目を見開いた。

執事が紅茶を運んでくる。アロケルとサタナキア、秀翔の前に、一客ずつ。いずれも美しい装飾のほどこされたカップだ。最初の数日こそ、サタナキアと秀翔の食器ははっきりと分けられていたが、今は同じものを使うようになっていた。

二人が紅茶に口を付けるのを待って、秀翔も紅茶を口に運んだ。そのようすを、アロケルがしげしげと覗き込んでくる。

サタナキアがおかしそうに言った。

「きみはよほどこの子に興味があると見える」

「というか、その子にメロメロのおまえがおもしろいんだけどな」

からかい口調の言葉には取り合わず、サタナキアは「一つ、ゲームをしようか」とテーブルの隅に置いていたトランプを取り上げた。

「何だそれは？」

「トランプという。人間のカードゲームだ」

「ほう」

サタナキアがルールを説明し、カードを配る。三人でのババ抜きが始まった。

（シュールだなぁ）

強面の三本角の山羊頭と、さらにいかつい赤獅子と、人間の秀翔とで、ババ抜き。なんともいえない光景だ。

二人ならあっという間に終わってしまうババ抜きだが、三人になるとなかなかカードが揃《そろ》いにくい。サタナキアはそのことに気づいたようで、「……なるほど」とこぼしている。

勝負は秀翔が一番に抜け、サタナキアとアロケルの一騎打ちになった。残り二枚のカードを背後でシャッフルしているサタナキアを、アロケルはややあきれた顔で見ている。

「……九万マスのチェスだって負けなしのおまえがなぁ」

ぼやきながら、サタナキアの手からカードを一枚引き抜いた。スペードの3。彼の勝ちだ。

「こんな運任せのゲームで負けるか」

「それがおもしろい」

「わからん」

わからないと言いながら、アロケルは実におもしろそうに笑っている。

「だが、おまえが楽しそうで何よりだ。おまえが生きている何かにそれほど骨抜きになっているのは初めて見た」

彼の言葉に、サタナキアは少し眉を寄せた。不機嫌そうな表情だ。何か言い返したそうに口を開き、言葉を探し、ため息をついた。

「別に、骨抜きというほどでは……」

「何を言う。過去の恋人にだってここまでではなかっただろう」

秀翔は「骨抜き」という単語の意味がよくわからなかったが、自分が彼の過去の恋人と比べられていることには気づいた。ドキリとする。

「サタナキア。『骨抜き』って？」

日本語でたずねると、彼はハッとこちらを向き、じわじわと気まずそうな顔になった。

「……説明しづらい」

「嘘。わかってる顔だ」

彼はもう一度ため息をつくと、観念したように説明してくれた。

「彼は、わたしがおまえに夢中だと言っている」

「夢中って……」

「ペットどころか、恋人よりも大事にしている、と」

言いながら、サタナキアはどんどん気まずそうな顔になってくる。

（……もしかして、照れてる？）

彼が片手で隠した顔を覗き込んだ。毛のせいでわかりづらいが、目のふちがほんのりと赤くなっている。気づいた瞬間、秀翔のほうがドキリとして、思わず「うわぁ」と声がもれた。

「なんだ、『うわぁ』とは」

「だって、サタナキアが照れてる！」

「そこは見ないふりをするところだろう」

二人のやりとりを、テーブルの向こうから、アロケルがにやにやと見ている。

その存在を思い出し、サタナキアは彼に向き直った。それにならいながら、秀翔は片手で口元を隠した。熱い。動揺のあまり茶化してしまったが、本当は自分でも驚くくらい、ドキドキしていた。

サタナキアにとって、自分は特別な存在になりつつあるのかもしれない。その指摘に、そして、それを彼に否定されなかったことに、自分はこんなに喜んでいる。その発見は秀翔を戸惑わせた。

（俺は、サタナキアの特別になりたいのか……？）

なんだか子供っぽくて恥ずかしい。特別って、具体的にはどんな？　ペット？　友人？　それとも、まさか……？

（いやいや、サタナキアは雄！　雄で山羊だから……!!）

あわてて自分の思考を打ち消して、でも「じゃあ、彼が雌で人間ならよかったのか？」なんて考えている。いいわけない。そういう問題じゃない。

一方、サタナキアは、にやけ顔のアロケルに不機嫌な声でたずねていた。

「なんだね、その顔は？」

「いやぁ」と、赤獅子はにやけた笑いを顔全体に広げた。

「おまえは変わり者で皮肉屋でひねくれ者だとばかり思っていたが、認識を改めた。意外に純情だったのだな」

「おまえは何を言っているんだ」

「いやしかし、相手が人間というのはやはり変わっている」

「わたしは秀翔を性の対象として見てはいないぞ」

やや苛立った口調で、サタナキアが言った。耳で単語を拾うのがやっとの会話の中、その言葉だけは、やけにはっきりと秀翔の耳から脳に届いた。

秀翔は一瞬動きを止めた。言葉が胸に刺さった感じ。だが。

（……よかったじゃん）

そうだ。彼に犯される心配はしなくていいと、はっきり彼の口から聞けたのだ。安心するところだろう。

自分にそう言い聞かせるけれど、心に刺さった言葉のとげはじくじくと痛んでいる。

「あくまで、飼い主として、彼をかわいがっている？」

おまけにアロケルの言葉が、秀翔の心をザラッと撫でた。

彼が言っているのは、彼らにとっては当たり前のことだ。現にサタナキアも「そうだな」と肯定している。魔族としての面目《めんぼく》があるのかもしれないが、さっきは「良き隣人」だと言ってくれたのに。

黙り込む秀翔に気づかず、アロケルがいいことを思いついたというように提案する。

「それなら、他の人間に会わせてやるのはどうだ？」

「……他の人間に？」

「ああ。人間を飼ってる連中を何人か知っている。彼らと交流の夜会でも催《もよお》すのは？」

「夜会」とサタナキアが呟いた。いかにも興味のなさそうな口調だ。彼は趣味人で美しいもの、美しい音楽、美しい言葉を好むが、派手なこと、騒がしいことは好きではない。

だが、彼の親友は訳知り顔で言ったのだった。

「良い飼い主は、ペットを孤独にはさせないものだ。サタナキア」

5

そんな親友の一言から、サタナキアの城で夜会が催されることになった。

こんな立派な城に住みながら、彼が夜会を主催するのは、なんと数百年ぶりのことらしい。神に等しい知識をもつが、変わり者で偏屈者《へんくつもの》。魔族のあいだでもそういう扱いの彼は、もうずいぶん長いあいだ、ごく限られた友人以外との交流を断ってきたのだと、アロケルが秀翔《しゅうと》に耳打ちしていった。だから、あいつのことを大事にしてやってくれ、と。

「なあ、これ、派手じゃね？」

サタナキアが夜会用にと新しく誂《あつら》えてくれたのは、生成《きな》り色の上下だった。やわらかなフリルをたっぷりとあしらったドレスシャツに、金糸の刺繡《ししゅう》が豪華なロングジャケット。共布のボトムスは膝下丈で、いつもの白タイツにベージュの革靴という出で立ちだ。

（結婚式でも着ないなぁ）

思わず半笑いになってしまう。現代日本でこれを着る機会があるとしたら演劇かコスプレくらいのものだろう。秀翔はどちらも縁がない。

自分の顔に取り立てて不満があるわけではないが、いかんせん塩顔の日本人なので、こういったいかにも西洋的な服装は似合わない気がする。そもそも価値観のわからない魔物たちの前に出るのだ。せめて、悪目立ちしない格好でいたいのだが。目立てば、どんな魔物に目を付けられ、何をされるかわからないという不安が半分。残り半分は、飼い主であり、今夜の夜会のホストでもあるサタナキアに恥をかかせたくないという気持ちだ。

だが、サタナキアは、着替え終わった秀翔を、ソファから目を細めて眺め、満足げにうなずいた。

「大丈夫だ。よく似合っている」

本当かなぁと思う。最近の彼は、ペットの目から見ても、あきらかに飼い主バカだ。

彼も、今夜はいつものローブ姿ではなかった。つややかな漆黒のベストとボトムス、膝丈のジャケット。胸元にはグレーのアスコットタイ。クラシカルで威厳《いげん》のある出で立ちは、三本の大角を戴《いただ》く彼をよく引き立てている。そこらのゲームのビジュアルなんかより、よっぽど格好いい。

「あんたも、それ、よく似合ってるよ」

彼のようにさらりと褒めようと思ったのに、つい、声が喉にからんだ。恥ずかしい。こういうのは得意だったはずなのに。頬が熱くなる。そんな秀翔を見つめ、サタナキアは機嫌良く、くつくつと喉の奥で笑った。

「それでは行こうか」

おいでと呼ばれ、彼に近付く。彼はソファから立ち上がり、秀翔を見下ろした。

何かを覚悟するかのような一瞬の間。

彼の手が秀翔の首輪に伸びてきて、鋭い爪の先でカツンとはじいた。

「え？」

ちゃり、という、かそけき音に目を瞠る。この城に来てから一度もはずされたことのなかった鎖が、首輪からはずれて床に落ちていた。

（なんで？）

きこうとして口を開く。だが、彼がこれでいいのだと言うように――彼自身に言い聞かせるようにうなずくのを見ると、たずねる声が出てこなくなった。

（サタナキア）

声にならない気持ちがあふれ、渦巻《うずま》き、胸がいっぱいになる。秀翔はもう逃げない、ここから逃げても意味がないと、互いにわかった上でのことだけれど、これはペット扱いに抵抗のある秀翔を人前に出す上での、サタナキアの最大限の気遣いなのだった。彼から自分に向けられた、信頼の証《あかし》だ。

思わず彼の頬に触れた。長い毛はふわふわしていてやわらかかった。

「ありがとう」

「もう逃げない」の気持ちを込めて言う。彼は何かを噛みしめるように、「ああ」と深くうなずいた。

「行こう」

左腕を差し出される。エスコートしてくれるらしい。秀翔は目を見開いて彼を見上げた。

(男同士だろ)

だが、二人は飼い主とペットなので、そういうのもアリなのかもしれない。ただ、最上級の気遣いと信頼を見せられた直後なので、まずいなとは思った。この上腕なんて組んで歩いたら、へんな勘違いをしてしまいそうだ。

「シュート?」

「……うん」

うながされ、思い切って、彼の腕を取った。ドキドキする。こういうの、なんて呼ぶのか、知っている。

(まずいなぁ)

何度目になるかわからない言葉を胸の裡でぼやきながら、大広間までの廊下を歩いた。すれ違う客たちに、サタナキアは自慢げに秀翔を紹介した。

秀翔を性の対象として見てはいないと断言していた彼だ。それでもやっぱり、特別扱いされているような気がする。そうであってほしい、そうだったらうれしいと思う自分は、疑いようもなく彼に惹《ひ》かれている。その気持ちを、今なら素直に認められた。

サタナキアが好きだ。

彼が秀翔を「人間」として扱ってくれるように、秀翔に敬意を払ってくれているように、秀翔も彼の姿形や性別に関係なく、彼のことが好きになった。

彼にとって、自分はまだ「ペット」のままだろうか？　鎖をはずしてくれたのは、彼の気持ちの変化の表れではないか？　もし彼が、飼育し、愛玩《あいがん》するだけの「ペット」ではなく、対等な存在として秀翔のことを見てくれるなら、自分を好きになってもらうこともできるかもしれない――。

サタナキアと秀翔が大広間に入ると、ざわっと空気がざわめいた。好奇心に満ちた視線が集まる。秀翔もまた興味津々で大広間を見渡した。

「すごい」と思わず感嘆がこぼれる。「なんだ？」と、サタナキアが顔を寄せてきた。

「人間がいる！」

言ってから、バカなことを言ったなと思う。あたりまえだ。今夜は、サタナキア同様に、人間をペットとして飼っている上級魔族たちの集まりなのだから。皆それぞれ自慢の「ペット」を連れ寄るのだと聞いてはいたけれど。

「こんなにいるんだなぁ」

改めて驚いた。ざっと五十人くらいはいるだろうか。若い男女が比較的多いが、年配者の姿もある。きちんとした身なりをしていたり、かと思えば、全裸だったり……中には、全裸より目のやり場に困るような衣装の人もいるが、圧倒的に全裸が多い。

（あー……、やっぱ全裸がスタンダードなわけね……）

そりゃ、自分も最初は全裸で歩かされたわけだと、今ここに至って理解した。

わかった。サタナキアは悪くない。この世界の人間は、彼も言っていたとおり、あくまでも「動物の一種」という扱いなのだ。彼らにとって人間に服を着せるか着せないかは、人間がペットの犬に服を着せるか着せないか程度のことなのだろう。考え方と嗜好《しこう》の違いで、服を着せていないからといって愛情がないとはかぎらないし、その逆もまた然りなのだと思う。

その他に、連れてこられている人間たちに共通しているのは、首輪と鎖でつながれていることだった。ざっと見渡してみただけだが、鎖でつながれていない人間は、秀翔以外に見当たらない。たまたま目が合った、同い年くらいの白人青年は、「なんで？」と言いたげな驚いた顔で秀翔を見ていた。

「サタナキア殿。今夜はお招きありがとう。素晴らしい場を提供していただいて、大変に感謝している」

真っ先にサタリキアに話しかけてきた鴉《からす》頭は、黒人の青年を連れていた。つややかな黒い肌に、個性的な黒髪。尻に食い込むような黒革のホットパンツ一枚だが、全身を金と宝石で飾られている。

彼は、秀翔と目が合うと、パチンとウィンクしてきた。トントン、と自分の首輪を叩いたのは、どういう意味だったんだろう。

（やっぱり、「なんで鎖ついてないの？」って感じか？）

話してみたい。英語は通じるだろうか。そわそわしてしまったが、勝手に話しかけていいのかもわからない。そうしているうちに、彼は、ご主人様に連れられてどこかへ行ってしまった。

客人たちの相手をするサタナキアの袖を引き、コソッとたずねる。

「サタナキア。俺、他の人としゃべってもいいの？」

彼も、手の陰で返事をした。

「かまわないと思うが、もし話したいと思う相手がいたら、まずはわたしが相手の主人と話をつけよう。ここには、自分のペットと性的な関係にある者も、自分のペットが勝手をするのを快《こころよ》く思わない者もいる」

「わかった」

うなずいた。そうではないかと思っていたが、ちょっとショックだ。話しかけるだけでも、ご主人様の許可がいるなんて。たとえ鎖がはずれても、やっぱり「人権！」案件がゼロになるわけじゃない。

それでも、周囲の主従を見ていると、人間として、自分が破格の扱いを受けているのは間違いなさそうだった。

趣味ではないが、きちんと全身を覆う服を着て、鎖につながれもせず、二本脚で歩いている。すれ違う人間の中には、明らかに正気を失っていそうな者もいた。一目でご主人様とヤッているんだろうなとわかる格好で、しかも、どう見ても人間のほうがご主人様にメロメロだ。目がハートになっている。まあ、あれはあれでしあわせなのかもしれない。人間にだって、元から他人に見せつけたいやつはいるし。複雑だが、よその主従に口出しはできない。

今夜のホストであるサタナキアを見つけた魔物たちが、次々と声をかけてくる。一見人間にしか見えない姿のものから、青蜥蜴、黒い雄牛……。皆、ペットの人間を連れている。彼らは自分のペットについて自慢し、秀翔について知りたがった。

「うちの子はたまたまオークションで見つけましてな。この金の髪、美しいでしょう。どうしても欲しくなって、金五枚はたきました」

「おお、それは」

「しつけに少々時間がかかりましたが、おかげさまで今ではよくなついて……」

魔族語で交わされる会話から、さまざまなことがわかってくる。

サタナキアが、彼ら上級悪魔のあいだでもかなり上位に位置していること。彼が、魔族の中でも一目《いちもく》置かれる存在ながら、付き合いの悪い変わり者だと思われていること。彼が秀翔の代金として支払った金十枚がおそろしい大金で、人間の相場の二倍から三倍にあたること……。

そういった会話のあいまにも、彼らは秀翔に興味を示し、秀翔をどこで手に入れたのか、何をさせているのか、どのように飼っているのかとサタナキアに問うのだった。

「たまたま、市場の食肉店で見つけまして……」

と、サタナキアが話しだして、ギョッとする。

（食肉店って！）

やっぱり自分は食用だったのだ。今になって、ぞっとする。

「最初は少々手こずりましたが、今はわたしの友人として、話し相手や遊び相手になってもらっています」

サタナキアが穏やかに言うと、魔物たちは驚き、顔を見合わせ、失笑した。

「友人？　人間が？」

「遊び相手って、何をして遊ぶんですの？」

白鷺《しらさぎ》の頭と翼をもつご婦人がたずねる。サタナキアは大真面目に答えた。

「トランプという人間のカードゲームです」

魔物たちが目を丸くし、顔を見合わせて、どっと笑った。

「カードゲーム？」

「人間のように高くて手のかかるペット相手にもったいない」

冗談交じりの会話ではあるものの、言葉や声音に見え隠れする「また変わったことを」というニュアンスは、おそらく彼らの本心だろう。

秀翔は唇を引き結んだ。彼らがバカにするそのカードゲームに興じるとき。秀翔に負けたとき。サタナキアがどんな顔を見せるか。どんなふうに笑うか、彼らは知りもしないくせに。

「それに話し相手って。人間相手に独《ひと》り言《ごと》でも言うんですかな?」

(ああ、そっか)

この魔物たちは、自分の飼っている「ペット」と話したことがないのだ。だから、サタナキアの気持ちも、もちろん秀翔の気持ちもわからない。そして、おそらく彼らが「大事にしている」という「ペット」の気持ちも。

冷笑的な場の雰囲気は理解しているだろうが、サタナキアは穏やかに、「会話できますよ」と言った。

「話せる?」

「ああ、あなたのような立派な頭脳をおもちなら、人間の言葉がおわかりになるのか」

「それもですが、わたしの友人も我々の言葉を理解し、話します」

秀翔はずっと黙って聞いていたが、ハッとした。「わたしの友人」という呼び方も、「言葉を理解し、話す」という言葉にも。

サタナキアがこちらを見下ろし、「皆さんにご挨拶を」と言う。顔をあげ、魔族語で挨拶した。

「はじめまして。秀翔です」

サタナキアと秀翔を取り巻いていた魔物たちが、「おお」と、どよめいた。彼らは一様に鼻白《はなじろ》み、あわてて愛想笑いを取り繕う。

「こんばんは。坊や、すごいわね」と、さっきの白鷺婦人が褒めてくれた。

丸眼鏡を押し上げて、しげしげと秀翔の顔を見つめながら、年配らしき梟《ふくろう》頭がたずねる。

「これはすごい。どうやって教えたのですか?」

「わたしと彼が、同じ人間語を知っていたので、それを介してコミュニケーションを図りました」

「さすが、サタナキア殿の城では人間までが賢い」

「本当に! すごいですわね!」

口々にお世辞を言う魔物たちの後ろでは、「ペット」の人間たちが、さっきまでとはまた違った表情で食い入るように秀翔を見ている。

白鷺婦人の友人らしい鳥頭が伴《ともな》っていた、長い黒髪を三つ編みにしたワンピースの女の子は、あちらから秀翔と話したいとサタナキアに許可を求めてきた。彼女は魔族語は話せないらしく、ご主人様を踏まえての身振り手振りだ。

「彼女が、おまえと話したいそうだが」

「うん。いいよ。英語か日本語が話せるといいんだけど……」

「どうぞ」と、サタナキアがうなずいた。おずおずと進み出た少女にたずねる。

「Can you speak English?」

「Yes!」

よかった。英語だ。「よろしく」とうなずいた。

「俺に何か言いたいことがあるの?」

とたんに、彼女は堰《せき》を切ったように泣き出した。

「お願いします。うちのご主人様に伝えてほしいんです。わたし……わたし、芋虫《いもむし》は食べたくないって……ご馳走《ちそう》だと思ってるみたいで毎食出してくれるんですけど、いつもいつも泣きそうです……!!」

「あー……」と、思わず隣のサタナキアを見た。英語だからわかっていただろう。サタナキアも困り顔だ。だが、さっきの雰囲気からして、秀翔から彼女のご主人様に要望を訴えるのはよろしくないだろう。サタナキアの小腹を肘でつつき、「お願いします」と丸投げした。

「この子はなんて?」

さいわい、女の子のご主人様は理解がありそうだ。サタナキアが言葉を選んで伝えると、

「まあ、わかりました」と女の子を抱きしめた。

それを皮切りに、秀翔はどんどん話しかけられた。

「元の世界に戻りたい」という要望には、彼らを絶望させないよう、言葉を選びつつ事情を話した。他には、「全裸はいやだ」、「何か着せてくれ」という訴えが多かったが、中には「ア

レルギーがあるのにエビやカニを食べさせられる」といった深刻な相談もある。「サタナキアに口添えして、自分も飼ってほしい」という要望は、サタナキア自身が断った。「わたしは、この愛《いと》しいシュート一人で十分なので」と。

「いやはや、我々の言葉を使いこなす人間がいるとは」

そう言ったのは、何人目かに挨拶をした、恰幅《かっぷく》のいい二足歩行の蟇蛙《ひきがえる》だった。かなり高位の魔族らしく、サタナキアと同等か、それ以上にいい身なりをしている。彼が連れている金髪と黒髪の女性は、二人とも豪華なドレスを着せられていたが、人形のように無表情だった。

ちらりと秀翔を見て、蟇蛙が言った。

「ペットに鎖もつけていないのかね」

「彼は逃げることはありませんので」

「なるほど、しつけに自信があるのだな」

蟇蛙は、顎の下の大きなイボを撫でた。皮膚《ひふ》からにじみ出る脂が、顔中をぬめぬめと光らせている。

「だが、油断してはならんぞ。人間は、甘やかすと、自分と飼い主が対等だなどと思いだすからな。まあ、その愚かなところもかわいいのだが」

ハッハッハと、大鐘を打つような大笑が頭に響く。不愉快だが、似たようなことを犬に対して言っている人間はごまんといるのもわかっていた。もし犬が同じように不快に思っていたらと考えて、「いや、犬は好きで人間と暮らしているのだし」と思い直し、だが、本当にそうだろうか……などと考え出したら落ち込みそうになった。

サタナキアは、蟇蛙のしつけ論をうなずきながら聞いていたが、ふいに秀翔の肩を抱き寄せた。

「おっしゃるとおりです、閣下。シュートはその愚かなところも含めてかわいく、わたしにとっては愛おしく感じられる。今まで、人間がこんなにかわいいものとは思っていませんでした」

ドキッとした。単なるペット論なのに、「愛おしい」なんてサタナキアが言うから。

彼の言葉は、蟇蛙に同調しているようで、まったく違うようにも聞こえた。「かわいい」の表す感情が、別次元にあるみたいに。

蟇蛙はにやにやとした笑みを浮かべた。

「おやおや。堅物《かたぶつ》の変人で名高いサタナキア伯は、もしやそういうご趣味がおありになる？」

ペットを恋人扱いして喜ぶ変態か、という、あからさまな侮辱《ぶじょく》を、サタナキアはあくまでも穏やかにたしなめた。

「そういう趣味をお持ちの方は、ここにもたくさんいらっしゃいますよ、閣下」

「いやいや、性処理の相手をさせるのと、恋愛感情を抱くのではまったく違う。ペットはペット、恋人にはならない。一線はきちんと確保しておかねばなりませんぞ」

わかりやすい飼う側の理屈に、さっきまでさんざん「ペット」の要望を聞かされていた周囲の魔物たちがのった。

「そうそう。我々は良き飼い主でなくてはなりませんわ」

「さようさよう」

うなずき合う魔物たちの中から、とんでもないことを言い出すものが現れる。

「そうだ。サタナキア殿は繁殖《はんしょく》についてはお考えではないのですか？」

（繁殖だって……!?）

秀翔は内心ギョッとした。最悪だ。犬猫みたいに人間同士をつがわせて、子供を産ませようというのか。

気分が悪くなったが、魔物たちは盛り上がっている。

「繁殖！　成功例はありますかな？」

「それが、実はうちのビジターが、シトリー殿が飼っているうちの一人を孕《はら》ませましてな」

「なんとめでたい！」

「それならば、試してみてはどうですか。人間は弱くてすぐ死ぬが、そのぶんよく産み、よく殖《ふ》える」

「せっかく、これだけ人間を集めたのですから……」

そう言った魔物たちの視線が人間たちに向けられた。品定めをするような視線。さっそく実行に移そうとしている魔族もいて、吐き気をもよおす。秀翔はサタナキアの袖にすがった。

「初々《ういうい》しいものですわね」

全裸の男性を連れた、全身黒ずくめの女が、真っ赤な唇をゆったりとたわめた。

「ご主人様が大好きなの、坊や?」

鋭くとがった真っ黒な爪から、サタナキアが思わずといったように秀翔を遠ざける。そのようすに、くすくすと周囲からは笑い声があがった。嫌な感じだ。嘲笑《ちょうしょう》だった。

「……シュート」

名前を呼んだサタナキアが、こちらを見下ろした。思わず見上げる。と、彼は、信じられないことを言った。

「皆さん、こうおっしゃっているが、気に入った人はいるかね?」

「……え……?」

愕然《がくぜん》とする。

言葉の出ない秀翔に、サタナキアは、ことさら寛大な、やさしい声音と口ぶりで言った。

「もしおまえが気に入った相手がいるならば、交尾して、子供をもうけてもかまわないが」

「——」

目を見開いた。言葉どころか、声も出なかった。信じられない。だって。

(嘘だろ)

冗談だと言ってほしい。悪い冗談だが、今なら許せる。

(あんたも、やっぱり俺を動物だと思ってんのか)

彼は変わったと思っていた。鎖をはずしてくれたのは信頼の証。他の魔物や人間の前で、秀翔が屈辱を感じなくても済むようにという気遣いだ。そう信じ込んでいた。あれは、結局、秀翔の都合のいい思い込みだったということか。

深い絶望がじわじわと湧き上がってくる。冷たい水に沈《しず》められたように体がふるえた。サタナキアの気持ちがわからない。彼にとって、秀翔はやはり愛玩動物に過ぎないのか。動物のように、彼らに見られながら交尾して、動物のように繁殖すればいいと思われているのか。

秀翔は彼が――サタナキアが好きだったのに。

(……最悪)

好きな人からは恋愛対象どころか対等な存在とすら見なされない上、「他の相手を選んでつがえ」と言われる。最悪な失恋だ。

「シュート?」

言葉どころか声も出ないで固まっていると、サタナキアが顔を覗き込んでくる。とっさに両手で顔を隠した。

「シュート」

「大丈夫。……ごめん」

好きになってごめん。思い上がっててごめん。でも、今はちょっと、平気な顔ができない。

何も考えたくないのに、黒い雄牛が連れていた金髪のお姉様が話しかけてくる。きわどいところだけをかろうじて覆ったビキニ姿で、豊満な胸を秀翔に押しつけながら。

「ねえ、繁殖の話になっているんでしょ？　わたしではどう？　その代わり、わたしがあなたの子供を産んだら、わたし共々あなたのご主人様に引き取ってもらえるよう、頼んでほしいの」

「……すみません」

とっさに彼女を押しのけた。

「ごめん、トイレ行ってくる」

「ああ……それはいいが、大丈夫か？」

サタナキアの声が心なしかうろたえて聞こえる。うなずいた。

「大丈夫。ちゃんと戻ってくるから」

飼い主に従順な、いいペットであると証明するから。

秀翔は、サタナキアの手を放し、扉のほうへ足を向けた。

「ちょっと抜けさせて」

脇目もふらずに大広間を突き抜け、ドアから出て、よろよろと壁際に座り込んだ。

サタナキアがそばにいてくれるとはいえ、一度に多くの魔物たちの視線にさらされ、体は本能的に緊張していたらしい。それがほどけていくのと一緒に、抑え込んでいた感情もわっとあふれてきてしまい、秀翔は小さくなって膝を抱えた。

（サタナキアのバカ……！）

そりゃ、勝手に彼を好きになって、思い上がって、失恋したのは、全部秀翔の独り相撲だ。でも、それにしたって、あの言葉はひどい。「良き隣人」と、「友人」と呼んでくれたのはなんだったのか。

（バカバカバカ……!!）

どうして自分が、どうして人間がこんな仕打ちを受けなくてはいけないのか。言葉なんか教えるから、相手を理解したような気分になる。恋をするし、こっぴどい失恋もする。魔物たちの会話に傷つけられる。

それでも言葉が通じるだけ、自分は恵まれているのだ。アレルギーのあるエサを与えられ、望んでも服を着せてもらえない、その上、自分たちの思いつきで「産めよ」「殖やせよ」と言われる気の毒な人たちを前に、どうすることもできない。

憤《いきどお》り。無力感。見捨てることの申し訳なさ。くやしさ。人間たちを対等に見ようとしないくせに、「いい飼い主」を語る魔物たちへの嫌悪、憎悪。サタナキアを知り、魔物の中にも話せばわかる相手がいるのだと思えるようになったのに……。

（サタナキア）

――もしおまえが気に入った相手がいるならば、交尾して、子供をもうけてもかまわない。

寛大な口調で言われた言葉が耳によみがえり、とうとう両目から涙があふれた。

（結局、あんたも、あいつらと同じだった……？）

サタナキアは他の魔物たちとは違う。秀翔を「人間」として扱ってくれる。一人の、自立した自我をもつ生きものとして、尊重してくれていると思っていた。

彼がそうしてくれたから、秀翔もまた、彼の容姿や性別にかかわらず彼を好きになった自分を受け入れることができたのに――。

しばらく泣いていたけれど、どんなに絶望しても、それで消えてしまえるわけではない。

（……戻らなきゃ）

そうしないと、サタナキアに恥をかかせてしまう。あんな場所に戻りたくはないが、秀翔が戻らなければ、サタナキアは他の魔物たちから、「鎖をはずしたりするから逃げられるのだ」と笑われるだろう。それは避けたかった。

（……バカみたいだ）

恋愛対象どころか、対等な知性ある生きものとしてすら見てもらえず、他の人を勧めるようなことまで言われた。これ以上ないほどこてんぱんにふられたのに、自分はまだ、サタナキアのためになることを考えている。愚かしい恋心を捨てきれない。

よろよろと立ち上がり、レストルームへ向かった。洗面台で顔を洗う。鏡に映る自分はひどい顔をしていた。みっともないが、許してほしい。今夜はいろいろあり過ぎた。

もう一度顔を洗い、ハンカチで拭いた。ため息のような深呼吸を一つ。戻ろう。戻らなければ。

そう思って振り返った瞬間、秀翔は誰かにぶつかった。

「すみません」

とっさに謝る。魔物相手に日本語ではだめなのだと思い出し、魔族語でくりかえした。

「すみません」

「いや、大丈夫だ」

答えた声が、ちょっとだけ、サタナキアに似て聞こえた。顔を上げる。

目の前に立っていたのは、臙脂色の天鵞絨の服を着た雄山羊だった。サタナキアに比べ、一回り小柄で、毛色は黒。両角も巻いたかたちではなく、うねりながら後ろへ流れている。声が似て聞こえたのは、同じ山羊頭だからだろう。

「……失礼しました」

軽く頭を下げ、横をすり抜けようとした。その腕を摑まれる。とたんに、本能的な恐怖が全身の肌をあわ立てた。

「ちょ……、なんですか」

主人の客だということも忘れ、警戒心もあらわに睨《にら》んでしまう。そんな秀翔をまじまじと見つめ、黒山羊はいかにも軽薄そうに「へぇ」と笑った。

「本当に、オレたちの言葉をしゃべってやがる」

「サタナキアに教わりましたので」

彼の名前を出せば放してくれるかと思ったのに、黒山羊はチッと舌打ちしただけだった。

「……まあいい、おかげで話が早い」

ぐいっと、掴んだ腕を引き寄せられる。顔が触れそうな近さで、黒山羊は言った。

「もう、あのいけすかない野郎とはヤッたのか？」

「いけすかない野郎」とは、十中八九《じゅっちゅうはっく》、サタナキアのことだろう。「ヤッた」は性行為を指していると思われる。秀翔はカッと顔に血を上らせた。

「なんであんたなんかに、そんなことを教えなくちゃいけないんだ」

すると、黒山羊はにやにやと下卑《げび》た笑みを浮かべた。山羊の顔でも、こんなにあからさまにいやらしい顔ができるのだと初めて知った。サタナキアは、そんな表情を見せることは、絶対にしなかったから。

「俺は人間とヤるのが好きなのさ」と、彼は言った。

「人間とのセックスはこの上ない快感だ。おまえはめくるめく体験に興味はないか？」

あまりにもあけすけな物言いに、秀翔はあきれた。

「ありません！　放してください」

突っぱねて、腕を摑む手を振りほどこうとする。だが、相手はぎっちりと腕を摑んで放さない。さすがにぞっとした。

「放してください！」

もがく秀翔をあざ笑うように、耳元で黒山羊がささやく。

「サタナキアは、おまえに『気に入った者がいるならば、交尾してもかまわない』と言っていただろう？」

「あれは……っ」

秀翔は唇を嚙んだ。

「あれは、人間同士の話です」

「人間同士のセックスなんか目じゃないくらい気持ちよくしてやると言っているんだ」

「やめてください！」

近付いてくる黒山羊の顔を、自由なほうの手で押しのけた。

冗談じゃなかった。同じ山羊頭でも全然違う。いくら誘われても、気持ち悪いとしか思えない。魔族でも、男性でも、触れたい、触れられたいと思えたのは、サタナキアだからだ。手痛い失恋を味わわされても、やはり秀翔にとっては彼だけが特別な存在なのだった。

（くそ……っ）

殴り飛ばしたいほど気持ち悪いが、体格は相手のほうが上。その上、どんな魔術を使うかわからない。騒ぎを起こせば、今夜のホストであるサタナキアに迷惑をかけることになる。

どうにか穏便に済ませようと、再び、彼の名前を借りた。

「俺はサタナキアが好きなんです」

「だから？」と、黒山羊は平然と聞いてくる。「貞操観念」などという言葉は、この頭の中にはないのだとよくわかる態度だった。

「好きな人がいるのに、他の人とそういうことはしません」

「バカらしい」

一蹴し、黒山羊は秀翔のジャケットに手をかけた。力任せに引き裂く。美しい白蝶貝のボタンが飛んでいった。せっかく、サタナキアが仕立ててくれたのに。

「やめ……、いやだ！　サタナキア‼」

全身で叫んだ。

瞬間、レストルームの扉が開く。

「ここにいる」

白黒の長毛に、ぐるりと巻いた美しい角。つややかな黒衣に身を包んだ雄山羊は、悠然とレストルームに入ってきた。

その姿を目にした瞬間、全身から力が抜ける。

「シュート」

崩れ落ちそうになった体を、サタナキアはたくましい腕で支えてくれた。

「遅くなってすまない」

そうささやく声は、場違いなほど甘くやさしい。思わず、涙がころがり出た。怖かった。彼のジャケットにすがりつく。

彼は秀翔の肩を抱きながら、「レオナール」と、黒山羊を呼んだ。

「わたしは今、非常に腹が立っている」

口調こそ丁寧だが、ぞっとするほど低い、威圧感のある声だ。自分に向けられているわけではないのに、ひれ伏したくなってしまう。背後でガタッと音がしたのは、レオナールが何かにぶつかった音か。

「おまえは、わたしの大切なものを奪おうとした。これは肉体も魂もわたしのものだ。おまえは彼を傷つけ、不快にさせ、泣かせた。許しがたい」

「あんたが……っ」

恐怖にうわずった声で、黒山羊が反論した。

「あんたが言ったんじゃないか。『気に入った者がいるならば、交尾してもかまわない』って……っ」

思わず体を硬くする。くりかえし聞きたい言葉ではなかった。サタナキアの答えも怖い。聞

きたくない。

サタナキアは、小さく息をついた。秀翔の耳元で、一言、「すまなかった」と日本語でささやいて。

「あれは、わたしが間違っていた。わたしは見栄を張るべきではなかった」

魔族語でそう言った。

「だが、あれはあくまでも人間同士の場合での話だ。おまえになど、指一本触れさせるつもりはない」

厳《きび》しく言い、少し声音を変えて言い添える。

「だが、今、わたしは最高に気分がいい。今すぐここから消えて二度と秀翔に手を出さないなら許してやろう」

「クソ……ッ。堅物の変人め！」

口汚く罵《ののし》って、バタン！　と荒く扉が開け閉めされる音がした。レオナールがレストルームから逃げ出して行ったのだろう。

秀翔はサタナキアの腕の中で細く、長く、息を吐いた。鼻腔《びこう》をくすぐるフレグランスと、彼の体臭。

おそるおそる、彼にしがみつく。強く抱きしめ返される。怖い思いをしたペットをなぐさめるにしては強すぎると思うのは、やっぱり思い上がりなんだろうか。

秀翔は腕に力をこめた。胸が苦しい。山羊頭の悪魔。人間じゃない。それでもやっぱり、秀翔にとって、サタナキアだけが特別なのだった。

6

サタナキアに手を引かれ、秀翔《しゅうと》はいつもの部屋に戻ってきた。

服を乱した秀翔を腕に囲い込むように抱き、「申し訳ないが、今夜は先に失礼する」と宣言したサタナキアの迫力に、引き留める勇気のある者はいなかった。

「ゲストの皆様には、引き続きご満足いくまで会をお楽しみいただきたい」

その言葉は好意的に受け入れられ、大広間の夜会はまだ続いているはずだ。

「シュート」

沈んでいきそうになる思考を掬《すく》い上《あ》げるように、サタナキアが名前を呼んだ。大切なもののように、やわらかに、舌の上で音をころがす。

「シュート……」

抱きしめられ、秀翔はふっと息をついた。どうしようもなく安心した。ここは落ち着く。サタナキアと秀翔しかいない、いつもの部屋。彼の腕の中。ここにいれば安全だ。たくましいこの腕が自分を守ってくれる。

「すまなかった」

深い後悔をたたえた声でサタナキアが詫《わ》びた。

「……何を謝ってんの？」

確かに、秀翔は彼の言葉に傷ついたが、それは勝手に秀翔が彼に片想いしていたからであって、彼が謝ることじゃない。

ただ、こうして二人きりになってみると、彼はやはりずいぶん秀翔に心を寄せてくれているように感じられた。――秀翔の願望が、そう思わせているだけかもしれないけれど。

あまり抱きあっていると、勘違いしそうになる。しないように努力はするけれど、ドキドキしすぎて、サタナキアに気持ちが伝わってしまいそうだ。もし、彼が人間をペットとしてしか見られないなら、秀翔の気持ちは迷惑でしかないだろう。

身じろぎし、そっと体を離そうとした。

「だめだ」

引き戻され、離さないというように強く抱きしめられる。

「……サタナキア……」

勘違いさせないでほしい。単なる動物。単なるペット。そうでなくても、恋愛対象として見られないなら、思わせぶりな態度を取らないでほしい。そう思う一方で、単純に、抱きしめられていることを喜ぶ自分もいる。

彼の背中に手を回す。抱き返す。ドキドキして、泣きそうだった。好き。好きだ。この聡明でやさしい魔物が好き。

「……わたしは、」と、ためらいと戸惑いが色濃く現れた声で、サタナキアは切り出した。

「おまえに会うまで、人間というものを侮っていた」

「……うん」

「はるか昔……まだ若い頃のことだが、人間たちのサバト……魔女たちの集《つど》いに召喚《しょうかん》され、彼女らと交わることを仕事にしていたことがある。そこでは、今夜以上にひどい人間の姿を見た。知性あるふりをしているが、一皮剝けば動物以上に奔放《ほんぽう》で淫《みだ》らで醜《みにく》い生きものだと思っていた」

「……うん」

さまざまな意味で心が痛い。そんな先入観を彼に植え付けたような人間ばかりではない。そんなのは人間のほんの一部だ。一緒にしてほしくない。そんな人間たちを彼が抱いたのかと思うと、複雑な気分でもある。けれども、彼があまりにも真剣なので、秀翔は黙って聞いていた。

「おまえに出会って、会話をするようになって、人間に対する考え方が変わった。おまえたちは……おまえは、日々を共にするのに十分な知性があり、ユーモアもあり、笑うとかわいい……おまえと一緒に過ごすのは楽しかった」

「……ありがとう。俺もだよ」

素直にうなずく。と、彼の腕の力が少しゆるみ、大きな手が、愛おしげに秀翔の頭を撫でた。

「だが、それでも、……かぎりなく対等であると思っても、おまえたち……いや、おまえと、恋愛関係になることは想像もしていなかった。おまえたち、人間もそうだろう。ペットと恋愛関係になるという考えがまず浮かばない。いくらペットとしてかわいかろうとも、ペットに恋愛感情を抱くなどありえない。性行為など虐待だ」

「うん。そうだね」

ちょっとだけ笑ってしまった。彼に惚《ほ》れている人間としてはせつないが、言われてみれば確かにそうだ。犬や猫は人語をしゃべらないから意思疎通もできない点はちょっと違うが、たとえ、犬猫が人語をしゃべったとしても、普通の人間は犬猫を恋人にしたい、抱きたいとは思わない。彼が言っているのはそういうことだ。

秀翔の肯定が意外だったのか、それともほっとしたのか、サタナキアは小さく息をついた。

「おまえのために、良い飼い主であらねばならないと思っていた。……いや、ごまかすのはよくないな。他人の手前、見栄を張っていた部分もある。『気に入った者がいるならば、交尾してもかまわない』などと言ってしまって後悔した。すまなかった」

「……じゃあ、あれは本気じゃない？」

秀翔がたずねると、サタナキアは強く秀翔を抱きしめた。

「本気でなくてはならないと……、おまえがもし気に入る相手がいるのなら、許してやるのが良い飼い主だと、自分に言い聞かせていた。だが、無理だ。おまえのことは、他の人間にも、もちろん魔族にも、指一本触れさせたくない。できることならもう二度と檻から出さず、わたしだけのものにしておきたい。だが、それ以上に、人間のおまえが、おまえらしく生きていけるように守ってやりたいのだ。そういうふうに、愛している」

「――」

秀翔は目を見開いた。激しい執着。重い言葉。それは。

「……それは、俺が好きってこと？」

まるで子供のような質問になってしまった。サタナキアがやわらかく笑う。

「そうだな」

「……ペットとして？」

「ペット相手に、こんなに重苦しい執着をすると思うのか？」

からかうような声音で言い、サタナキアは両手で秀翔の頬を包んだ。秀翔が勘違いしないよう、まっすぐに目を合わせる。いつも焦点が合わないように感じられた彼の目が、今ははっきり秀翔を射貫《いぬ》いていた。

「おまえが好きだ。抱きたい。恋人にしたい」

「……本気で？」

「嘘ではない」

サタナキアの苦笑は、変わらずやわらかい。大切なものを探そうとするかのように秀翔の目を覗き込み、「おまえは？」とたずねてくる。

「俺？」

「もう一度、今度はわたしに『好きだ』と言ってくれないか」

彼の言葉に、「えっ」と、秀翔は飛び上がった。告白なんてした憶《おぼ》えはない。

だが、サタナキアは確信をもった声で言うのだった。

「おまえがわたしを好きだと言うのを聞いて、目の前が開けたような気がした。わたし以外とセックスするつもりはないと言った、あの言葉は嘘ではないな？」

「え……」

——俺はサタナキアが好きなんです。好きな人がいるのに、他の人とそういうことはしません。

レオナールとの会話を思い出し、秀翔はカーッと顔に朱を上《のぼ》らせた。

「あっ……ちょ、待って。もしかして聞いてた⁉」

山羊頭は深くうなずいた。

「聞いていた。感動した。どうかもう一度、今度はわたしの目を見て聞かせてほしい」

「ええー……、うん……」

恥ずかしすぎる。秀翔はさまよいそうになる視線をなんとかサタナキアの目に向けた。

ずっと苦手だと思っていた横長の瞳孔。だけど、もう怖いとは思わなかった。その奥にある彼の本質を知っている。やさしく、賢く、知性にあふれ、理性的。そして、人間を対等な存在として見てくれている。

「……これ、はずして」

首輪に触れて頼んだ。鎖につながれていなくても、これがあるかぎりは、彼と対等な立場で話ができないと思ったから。

サタナキアは無言で秀翔の首に手を回した。長くとがった爪で触れると、首輪の鍵はあっけなくはずれる。心許《こころもと》ない。でも、とても満たされている。ふわふわと足が浮きそうに幸福な気持ち。

「人間らしい」とはどういうことか、ずっと考えていた。

秀翔が求めていたのは、きっとこういうことなのだ。対等に、敬意をもって接すること。自分もそうしたいと思える相手と、互いの意思を尊重しあって共にあること。

「サタナキア。あなたのことが、とても好きだ」

秀翔が言うと、サタナキアは嚙みしめるようにうなずき、首輪のはずれた秀翔の首をそっと撫でた。

「わたし以外とはセックスしないか?」

「しない。するわけないだろ」

何を言っているんだかと笑ってしまう。サタナキアは少し複雑そうな笑みを見せた。

「おまえには、それが当然なのだな」

「どういうこと?」

「魔族の性倫理はもっとゆるい。したいときに、やりたい相手とすぐに寝る。恋人がいようが、結婚していようが、パートナーに縛《しば》られることはない。……そういう奔放さが、わたしはずっと苦手だった。恋人ができても、浮気を許せないわたしと、浮気を浮気とすら思っていない相手ではうまくいくはずもなく、もうこりごりだと思っていたが……」

三本角の雄山羊は、そうっと鼻筋を秀翔の鼻にこすりつけた。やわらかな親愛の行為。キスをすると、もしゃもしゃした毛の感触が唇に当たった。

(山羊だなぁ)

人間じゃないものとキスをしている。一瞬、禁忌《きんき》の感覚が首筋を撫でたが、知らんぷりをした。

秀翔がサタナキアを「山羊だ」と思うのと同じように、サタナキアは秀翔とキスをしながら「人間だ」と思っているのだろう。互いに禁忌を踏み越えた関係だ。それでも、こうするのは間違っていないと、他でもない、自分の心が訴えている。

「好きだよ。……気に入ったら、人間同士でエッチしていいって言われたの、すごくショックだったんだ。俺は、人間が好きなんじゃなくて、あんたが好きなのにって」

秀翔の言葉に、サタナキアが小さく唸《うな》った。

「すまなかった。もう言わない」

彼の口づけを受け入れながら、首筋に両腕を回して引き寄せた。ざらざらとした、人間のものではない舌が口内を愛撫する。秀翔の舌をやわらかく吸い上げて、サタナキアはため息交じりにささやいた。

「おまえは、やわらかくて甘い……かわいくて食べてしまいたくなる」

その「食べる」は、もしかしたら、そのままの意味だったかもしれない。期待と緊張がない交ぜになって背筋を撫でる。

けれども、秀翔は小さくうなずいた。

「あんたにだったら、食べられてもいい」


初めてサタナキアの寝室に通された。

彼の部屋は、秀翔の檻が置かれた部屋の奥の扉の向こうだった。というよりも、そちらが寝室、秀翔の檻がある部屋が元から彼の居室らしい。

寝室には、彼個人の浴室もあった。

「洗ってやろう」と、彼は言った。もちろん秀翔は固辞したが、逆にふしぎそうな顔をされてしまった。

「おまえは準備のしかたを知っているのかね？」

「準備？　って……」

（……準備って‼）

真っ赤になる。つまり、彼に抱かれるための準備のことか！

（うわぁ……）

女の子相手の経験ならあるが、そちらはまったくといって知識がない。秀翔は赤くなった顔を、今度は少し青ざめさせた。サタナキアの袖を摑んで、肩口に額をつける。

「知らないけど……俺、男相手は初めてなんだから、やさしくしてよ」

「善処《ぜんしょ》しよう」

紳士的な声音で請《う》け合《あ》ったくせに、彼は全然手加減してくれなかった。元々飼い主とペットという関係から始まっているからかもしれないが、彼は秀翔の世話を焼くことに抵抗がない。だが、洗浄《せんじょう》にともなう排泄行為ですら気にしないのには、秀翔のほうがドン引きした。最後には泣いて懇願《こんがん》して、排泄の瞬間だけは見ないでもらえたが、洗浄が終わった時点ですっかり消耗《しょうもう》してしまっていた。ぐったりして、ベッドまで運んでもらう。

たくましい腕に揺られながら、こんなことまでしてセックスしないといけないのかという思いがちょっとよぎった。秀翔は元々異性愛者だ。自分がサタナキアを抱くのは想像できなかったから抱かれることに不満はないが、そもそもそこまでしてしなくても……と思わなくもない。

だが、ベッドに秀翔を下ろし、衣服を落としたサタナキアを見た瞬間、そんな躊躇《ちゅうちょ》はどこかへ吹っ飛んでいってしまった。

体格がいいのは知っていた。だが、実際に目にする彼の体はすごかった。西洋人的ながっしりとした骨格の逆三角形体型。ずっしりと厚みのある胸板。隆起する筋肉はさながら芸術品だ。黒人とも異なる青黒い皮膚と、所々に生えた山羊の毛が、作りものめいた雰囲気を強調している。

雄々《おお》しく勃《た》ちあがった男性器がどうしたって目に入り、思わず視線をそらしてしまった。ちょっと、直視できないくらい巨《おお》きい上に形がやばい。

（……なんだあれ）

秀翔はごくりと唾《つば》を飲んだ。まさか、男の体を格好いい、セクシーだと思って見つめるときが来るとは思わなかった。一方で、自分のひょろ長いだけの体が貧相に思えてしまい、じわりとうつむく。

「シュート」

目の前に立ち、サタナキアが名前を呼んだ。欲情をたっぷりのせた声は、深くつややかでセクシーだ。

「わたしはもうおまえをペットだと思ってはいない。だが、事実として、わたしには、おまえを好きにできてしまう力がある」

彼がその気になれば、秀翔を生かすも殺すも犯すも意のままだ。それは彼が言うとおり事実なので、「うん」とうなずく。

「無理強《じ》いはしたくない。今ならやめてやれる」

思わず彼の目を見つめた。横長のふしぎな瞳。山羊でも欲情しているのは表情に出るものなのだなと思う。ベッドまで来て、隠しようもなくペニスを勃起《ぼっき》させているというのに、それでもこの山羊頭は紳士的であろうとするのだった。

（しょうもない人間より、このひとのほうがよっぽど人間らしい）

秀翔は少し笑った。胸は緊張ではじけそうだが、笑えるくらいにはリラックスしてもいる。

「俺の希望を言っていいってこと？」

「そうだ。何でも言ってくれ」

「じゃあさ」

無意識に唇を湿らせた。いつの間にか、喉はカラカラだった。

「あんたもわかってると思うけど。俺、たぶん『いや』とか『やめて』とか言うと思うんだけど、言ってもやめないでよ」

「ふむ……？」

「そういうの、だいたい恥ずかしいだけだから。本当に嫌なときは、『助けて』って言うから、それ以外は無視していい。あんたのやり方でやってほしい」

「……なるほど」

うなずきながらも、サタナキアはまだ少し戸惑ったような顔をしている。一番言いたかったのは最後の一言だと、伝わっているだろうか？

秀翔は最後のダメ押しにと、サタナキアに向かって両手を広げた。応じて、ベッドに上がってきた彼のたくましい首筋に両腕を回す。

「あのレオナールって黒山羊、人間同士のセックスなんて目じゃないくらい、めくるめく体験をさせてやるって言ってた。あいつとエッチするなんて絶対嫌だったけど、あいつにできるなら、あんたにもできるんだろ？」

サタナキアは見開いた目をすうっと細め、「悪い子だ」と喉の奥で笑った。

「わたしを挑発したことを後悔するほど、本気で抱いてやろう」

すごみすら感じさせるセクシーな声。秀翔は腰が砕《くだ》けそうになった。脳の中の何かやばいスイッチを押されたみたいに、いやらしいことしか考えられなくなる。

サタナキアは秀翔を抱き寄せ、ベッドに横たえながら、口づけてきた。もしゃもしゃする髭の感触。さすがに彼の口に舌を差し入れる勇気はなかったので、代わりに従順に受け入れた。ざらつく舌が歯列を割り、秀翔の舌にからみつく。

独特の感触だった。長くて、やすりのようにざらざらとしていて、人間の舌より器用に動く。まるで、何か別の軟体《なんたい》動物に口を蹂躙《じゅうりん》されているみたいだ。口蓋《こうがい》の薄くてやわらかなところを舐められると、すごく気持ちよかった。動物臭はまったくなく、唾液《だえき》はなぜか甘く感じる。飲み込むと、じんわり、腹の内から体が熱くなっていった。

「んっ……！」

喉の手前、ちょっときわどいところを舐められ、思わずサタナキアの胸元にすがった。「苦しい」「気持ち悪い」のギリギリ手前。ゾクゾクするような快感が喉から肩へと落ちて広がる。

（すご……）

キスなんて、どんなにディープになったところで、じゃれ合いみたいなものだと思っていた。それが、こんな、とろけるほど気持ちいいなんて。

つい夢中になっているうちに、サタナキアの両手が胸に伸びていた。今まで存在を意識したこともなかった場所なので、触られたところでくすぐったいだけだ。そう思っていたのだが、官能的なキスと一緒にいじられ続けているうちに、なんだかじんじんしてきてしまう。

「あっ……！」

ぎゅっと引っ張った乳首《ちくび》にとがった爪を立てられて、声が漏れた。やっぱり「痛い」のぎりぎり手前、ゾクゾクするような被虐的《ひぎゃくてき》な快感が湧き上がる。

サタナキアはキスをほどくと、体をずらし、秀翔の右胸に口づけた。左の乳首はあいかわらず手でいじりながら、右の乳首を前歯で挟む。

山羊の前歯は下顎にしかない。上顎の硬い歯茎と下顎の歯に乳首を挟まれ、ざらざらの舌ではじかれる。ふんわりとろとろと甘かった快感がいきなり鮮烈になって、秀翔は続けて声をあげた。

サタナキアが左の乳首に標的を変える。離してもらった右の乳首はさっきまでとは段違いに敏感で、指での愛撫でもしびれるように気持ちいい。体にどんどん熱が溜まっていく。もどかしくて、腰がゆらめいた。

「ああ……っ、ん……っ」

ふふっと、左の乳首を食《は》んだまま、サタナキアが小さく笑った。空いた手で下腹を撫でられる。けれども、肝心《かんじん》なところに触れてくれない。

歯がゆい。じれったい。もどかしい。

「触って……っ」

秀翔が訴えると、サタナキアは上体を起こした。秀翔の手を取り、自分のペニスに触れさせる。ギョッとするほど熱くて巨きくてぬめるそれから、思わず手を引いた。

「おまえは、してはくれないのか?」

甘い声がそそのかす。つまり、してくれるなら、してやってもいい、と——。

「……」

恐るおそる、もう一度彼自身に手を伸ばした。

巨きい。秀翔の手では、竿《さお》の部分でさえ、指で一周できない太さ。黒い肌色に充血の赤が透け、卑猥《ひわい》な赤黒い色をしている。巨きく張り出した亀頭《きとう》は大量の先走りに濡れ、竿に浮き出した血管は脈動さえもわかるほどだ。見るからに猛々《たけだけ》しい剛直に、我知らずおののく。

「これを収めるためには、それなりに準備がいる」

恐ろしいことを言われて心がすくむ。なのに、目が離せない。自分が物欲しそうな表情をしている気がして、むりやり顔をそむけた。手の中のペニスがよけいに生々《なまなま》しく感じられる。

喉の奥で笑いながら、サタナキアが命じた。

「上に乗りなさい。あちらを向いて。触って、それから教えてあげよう」

ベッドに横になった彼の上に、逆向きに四つん這いにさせられる。羞恥で神経が焼き切れそうな体勢だったが、はしたない期待のほうが上回った。やっと触ってもらえる。

サタナキアは期待を裏切らなかった。大きな手のひらで秀翔を包み、根本から数度ゆったりとしごく。

「ヒッ……」

心地よさに喉が鳴った。自分でするのとそう変わらないのに、気持ちよさが全然違う。湧き上がる快美に腰が痺《しび》れ、脳が溶けそうになる。気持ちよすぎて、自分の輪郭《りんかく》があいまいになる。

怖い。だけど、もっとしてほしい。

「……かわいらしい」

そう言った口が、あ、と開き、秀翔のペニスを飲み込んだ。

「えっ、あ……っ、ダメッ」

声がうわずった。

(何これ何これ何これ……っ)

深い。山羊の口の中がどうなっているのかなんて知らないが、全体を包まれてもまだ奥がある。浮遊するような心許なさが、快感をより強調する。じゅわっととろけるような快感が全体を包む。

「やっ……、や、あ、いく……っ」

ざらつく舌が先端を舐めた。その鮮烈な快感に、目の前が真っ白になる。

「———ッ」

腰を突き出して達した。間欠的に噴き出す白濁《はくだく》を、サタナキアは余さず飲んでいる。声も出ない。彼の上に崩れ落ちる。

あまりにも唐突で、強烈な絶頂に呆然としていると、サタナキアが手を下げてきて、あやすように髪をくすぐった。

「大丈夫か？　まだ序の口だが」

やさしい声音で恐ろしいことをたずねられる。「ごめん」と謝った。

「気持ちよすぎて……」

してもらう一方で申し訳ない。

目の前にそそりたつペニスに手を伸ばす。手を動かすだけなのに重く感じるほど、全身の力が抜けていた。

指の輪で竿をこすり、たくましく太い亀頭を手のひらであやす。

(物足りないだろうな)

そう思って、頭を持ち上げ、亀頭を舐めてみた。青くえぐみのある味が舌に広がる。唾液のように甘くは感じない。けれども、脳の奥が熱く痺れ、舐めたくてしょうがない衝動に襲われた。口を開け、亀頭を含む。顎が外れそうな巨きさだ。亀頭しか口に入りきらなくて、竿の部分は手でしごいた。

サタナキアは、しばらく励《はげ》ますように秀翔の耳の周りを撫でてくれていたが、やがて片手で秀翔のペニスを持つと、自分の口元へ導いた。

「ンゥ……ッ」

広げた舌で、ざらりと一舐め。放ったばかりの敏感なペニスは、それだけで小さく白濁をこぼす。

サタナキアが小さく笑った。片手で双丘をかき分け、ざら、と、異様な感覚が、ありえない場所に触れる。

「やっ……うそ、嘘だろちょっと……っ!」

思わず声をあげ、振り返った。後孔《こうこう》を舐められている。さっき彼に手伝ってもらって綺麗にしたとはいえ、そんな。

秀翔は忌避感《きひかん》に取り乱した。

「やめ、やだ、やめて……いや……っ」

とがらせた舌がズブズブと入ってくる。そんなところ、舐めるとこじゃない。泣きたい気持ちで思うのに、深くまで入り込んできた彼の舌からじゅわっと唾液があふれると、中がじゅんじゅん熱く熟《う》れる。あの甘い唾液のせいだ。おかしくなる。ざらざらと舌を抜き差しされると、もっとされたくて我慢できなくない。もっと、もっと奥までこすって。

「口が止まっているぞ」

目の前に突きつけられた剛直を夢中で舐めた。おいしくない。だけど、舐めたくて、飲みたくてしかたない。

もしかしたら、無意識に呟いていたのかもしれない。

「飲ませてやりたいところだが、おまえの正気が飛んでしまうからな」

苦笑したサタナキアが秀翔の口からペニスを取り上げた。体勢を入れ替えながらささやく。

「初めては、正気のおまえを抱きたい。動物の交わりでなく、前から」

そう言って、彼は力の入らない秀翔の脚のあいだに体を割り入れた。

「……サタナキア……」

半分とろけた頭で、彼の言葉を反芻《はんすう》する。

――動物の交わりではなく、正気のおまえを。

「……うん」

うれしかった。彼に、恋人として求められている。

重い両手を伸ばして誘う。

「うれしい……来てよ」

「……っ」

何かを振り払うようにうなった彼が、秀翔の脚に手をかけた。すべてが秀翔の目に入ってしまうほど高く抱え上げる。

ぬるりと、先走りに濡れた剛直を後孔のすぼまりにすべらせて。

「少し力んで……さっき洗ったときのように」

「……うん……」

従順に、彼の言うとおりにした。秀翔の中に、サタナキアのものが入ってくる。太くて、熱くて、長くて、硬い――。

「あああ……っ」

入るわけないと思っていたのに、一息に奥まで飲み込んでしまった。最奥《さいおう》をトンッと叩かれ、火花が散る。押し出されるようにまた達してしまった。

「うそ……」

か細い声がこぼれる。中はみっしりといっぱいになっているが、痛くはなかった。彼の力強い脈動や、ビクビクと跳ねる亀頭、その凶悪なかたちのすべてが、うるんだ媚肉《びにく》を通してはっきりとわかる。

後孔が味わうように彼を締め付けてはゆるめしている。秀翔は顔を赤らめた。サタナキアにはしたないと思われないだろうか。

だが、意識がそこに集まれば集まるほど、内襞《うちひだ》は淫《みだ》らに蠢《うごめ》き、サタナキアを愛撫《あいぶ》する。彼の熱に炙られるように、じわりと何かが染みこむように、とろとろと少しずつ溶けていったそこが、ある瞬間、じゅくりと熟れくずれた。

「あ……、ア……ッ」

怖い。奥から圧倒的な快感が押し上げてくる。

「やだ、こわい……っ」

サタナキアの腕にすがる。と、ぎゅっと強く抱きしめられた。それは彼のやさしさだったけれど、その精神的な悦《よろこ》びが引き金を引いた。ヒュッと喉の奥が鳴った。襞の内側に満ちていた快感があふれ出す。

「～～～～っ」

息が止まる。肉襞が痙攣《けいれん》し、不随意《ふずいい》にサタナキアを締め付ける。しゃぶるような淫らな蠢動《ぜんどう》。その細やかな振動一つひとつが、めまいがするほど気持ちいい。

爆発的な絶頂のあとには、さざなみのような官能が繰り返しやってきた。いつまでも治まらない絶頂感。それがやっと落ち着いてきた頃。

「あっ⁉」

サタナキアの大きな手が、秀翔の腰をがしりと摑んだ。秀翔の中を最奥までみっしりと埋めつくしていた熱塊《ねっかい》がゆっくりと後退する。ぐぽっ……と、耳を塞《ふさ》ぎたくなるような水音が響く。強烈な排泄感と背徳感にまみれた快感に、秀翔は全身をあわ立たせた。

「やだ……やだ、待って。やめて、サタナキア……」

「悪いが、わたしももう限界だ」

最後の理性を振り絞《しぼ》るような声で言い、彼は最奥まで突き入れた。

「ああああっ」

「シュート。シュート……」

「あっ、あっ……、あ、あ、あ……！」

理性を捨て去った動きで突き上げられる。もう言葉も出ない。彼の快感のための抽送《ちゅうそう》。でも、それがうれしかった。彼もまた、本気で秀翔を求めてくれているのだと感じられる。

「……っ」

彼が低く唸《うな》った。限界が近いのだろう。引き抜こうとする彼の腕にすがって止めた。

「いい、いいから、このまま……」

「だが……」

「いいんだ。サタナキア」

精液を飲めば正気でいられなくなると、彼は言っていた。たぶん、中に出されても似たようなものだろう。でも、かまわなかった。

「あんたが、俺を嫌いにならないなら……」

淫らだと軽蔑《けいべつ》しないでくれるなら、彼に最後まで自分の中で気持ちよくなってほしい。

「……っ、シュート……ッ」

呻《うめ》いた彼が、我慢できないというように最奥まで突き入れ、そこで放った。熱い。熱くて、頭が焼き切れそうな快感がじんじんと広がって——。

覚えていられたのはそこまでだ。

「サタナキア……」

愛しい魔物にすべてをゆだね、めくるめく官能に秀翔は飲み込まれていった。


セックスして、目が覚めたら、一週間が過ぎていた。冗談みたいだ。

相当深く眠ったらしく、調子が悪いときにありがちな、うとうとしていたとか、夢を見ていたとか、そういう感覚が一切なかった。ただ、体も心も満たされた感覚だけが鮮明に残っている。

だから、目を覚ましたとき、憔悴《しょうすい》しきった山羊頭が、それこそ自分が死にそうな顔でベッド脇にいるのを見て混乱した。

「サタナキア……」

口にした名前はかすれきった音になった。ちょっと驚く。うわさに聞いたことはあったが、セックスで声が枯れるという体験も初めてだった。まさか、自分の声が枯れる側になるなんて。

「気がついたのか。気分はどうかね」

たずねられ、再度、体のあちこちまで感覚をさぐった。

「すごくいい」

秀翔がうなずくと、愛しい魔物はほっとした表情になった。山羊の顔でもそういう感情の変化がちゃんと伝わる。彼は握っていた秀翔の手を、そうっと壊れ物のような手つきで撫でた。

「俺、気を失ったんだな。どのくらい寝てた？」

「七日間だ」

「七日⁉」

思わず彼の顔を見る。中で出されたあとの記憶はあいまいだったが、確かに、激しかった記憶はある。それにしても。

「七日って。すごいな」

「すまない。人間の体がかくも繊細《せんさい》だということを、すっかり失念してしまっていた」

神妙な口調にちょっと笑う。

「サバトだっけ？　腹上死させたことがありそう」

「……」

彼は否定しなかった。あるのか。……まあ、昔のことだろうから、今とやかく言うつもりはない。

ノックがあり、執事がトレイにスープカップを乗せて入ってきた。サタナキアが体の下にクッションを入れ、上体を起こすのを手伝ってくれる。

「飲みなさい。疲れに効く」

差し出されたのは、さわやかな香りのする緑のスープだった。急激に空腹を思い出す。すべて飲み干して、再びクッションに体を預けると、サタナキアが改めて謝ってきた。

「本当にすまなかった。我慢が利かなくて申し訳ない」

恥じ入った口調で言うものだから、秀翔は思わず笑ってしまった。彼がまじめに謝ってくれているのはわかるのだが——だからこそ、こんなにかわいいひとだったのかと思う。

「いいよ。こっちこそ、気を遣わせちゃってごめん。次はもうちょっとうまくやろう」

手を伸ばし、鼻筋を撫でる。と、彼は小さく目を見開いた。「次があるのか」という顔だ。

「わたしが怖くはないのかね」

「いまさら?」と、秀翔は笑った。

人間を人間として扱わない世界で、彼に出会った。

秀翔を人間として愛してくれる。人間でなくても愛おしいと思える。見た目でも、種族でも、性別でもなく、彼を選んだ。彼もまた秀翔を選んでくれた。これから気持ちを寄り添わせていくことができれば、この悩み多き世界で生きていく希望になるだろう。

彼と、互いを尊重しあいながら生きていく。人間らしく。人間として。

秀翔はほほ笑んだ。

「この世界のことは好きにはなれない。だけど、サタナキアのことは好きだよ」

異界で魔物に
溺《でき》愛《あい》されています
ikaide
mamononi
dekiai
sareteimasu

1

「おまえにとって、湯浴みとは何なのだ？」

宇宙の深遠を覗き込んでいるような面持《おもも》ちで、三本角の山羊《やぎ》頭はこちらを見下ろしていた。

燃料不詳の灯火《ともしび》が照らし出す、白い石造りの浴室。湯船からは花の香りの湯があふれ、サタナキアのつま先をひたひたと濡らしている。

「何って？」

それこそ風呂ごときで、何をそんなに深刻な顔をしているのだ。

バシャバシャと水しぶきを立てていたバタ足をやめ、秀翔《しゅうと》は浴槽《よくそう》の縁《ふち》に腰を乗り上げた。

「フツーに、体洗って、湯に浸《つ》かって、リラックスすることだけど？」

「言っていることとやっていることが違う」

「ああ」

やっと彼の言いたいことがわかった。

「最近運動不足だから泳いじゃった。行儀悪かったかな？　ごめん」

ここ数日、城の周りは雨続きで、庭での散歩やランニングもできないでいた。サタナキアの城の浴室は、小さなプールのような造りをしている。つい出来心で泳ぎ始めたら楽しくなってしまい、泳いでいるうちに長風呂になってしまっていた。

「湯あたりで倒れているのかと思った」

「それで見に来てくれたわけ？　心配かけてごめん」

「おまえが無事ならかまわない」

あきれた口調だが言葉はやさしい。先日、飼い主から恋人へジョブチェンジしたこの魔物は、飼い主だったときから変わらず、秀翔をめちゃくちゃに甘やかしていた。

ようすを見に来たついでに、彼も湯を浴びることにしたらしい。サタナキアはその場で長衣を脱いだ。青黒い肌のたくましい体があらわになる。どこからともなく現れたのっぺらぼうのメイドたちが、彼の衣服を受け取った。

彼女たちが体を洗おうとするのを断って、自分で軽く体を流すと、サタナキアは秀翔の横に入ってきた。肩まで浸かると、美しい白黒の長毛が湯に広がる。一緒に風呂に入るのは初めてだが、湯に浸かる強面《こわもて》の山羊頭というのは、なかなかシュールな絵面だった。笑える。

「あんたの部屋にも小さい風呂があるけど、大浴場もあるってすごいな。魔物って風呂好きなの？」

秀翔の質問に、サタナキアは首を小さく横に振った。

「湯浴みという習慣そのものがない者のほうが多い。代わりに、水浴びや砂浴びという者もいる」

「じゃ、あんたはなんで？」

「昔、人間界で体験したのが快適だった」

「あー」

なるほど、サバトで暗躍《あんやく》していた頃の名残《なごり》だろうか。反応に困り、秀翔は曖昧《あいまい》に濁《にご》した。

「秀翔」

甘い声で名前を呼び、泳いで距離を取ろうとしたのを引き留められる。勉強の成果で、サタナキアは秀翔の名前を、アルファベットでもひらがなでも漢字でも書けるようになっていた。

それと同時に、「秀翔」の名前の発音も、最初の頃の「シュート」から日本語的に変化している。

秀翔の頬を撫《な》でながら、気持ちよさそうに目を細め、サタナキアが言った。

「わたしも相当な清潔好きだと思っていたが、秀翔の風呂好きには負けるな」

「日本人って、人間界でも有数の風呂好きらしいよ」

彼が清潔好きでよかった。サタナキアのことは好きだが、抱きついたときに獣臭《けものくさ》いのはちょっといやだ。

ゆるっと平泳ぎで反対側まで泳ぎ、秀翔は笑った。

「この風呂、広さは十分だけど、泳ぐにはやっぱちょっと熱いな。プールがあったらいいんだけど」

「室内で泳ぐのか？」

「運動のためにね」

「なるほど」

サタナキアが飼い主の顔を覗かせた。恋人になったあとも、彼の人間に対する生物学的、生態学的な興味は変わらない。秀翔にしてみれば、興味をもってもらえること自体がうれしいのであって、その出どころは特別気にすることでもないし、うまく伝えれば生活が改善されることもあるので、彼が知りたがれば秀翔もそれに応じている。

ザバッと潜《もぐ》って彼の元まで戻り、目の前の水面から顔を出すと、サタナキアは愉快そうに笑った。

「なあ、プールって作れる？　雨の日にも運動がしたい」

秀翔のおねだりに、黄色いガラス玉のような目がすうっと細められた。「家に専用のプールがほしい」なんて、我ながらとんでもない贅沢《ぜいたく》言ってんなぁと思う。魔界に拉致《らち》られず、ずっと人間界にいたら、こんなこと一生口にしなかっただろう。だが、サタナキア相手に遠慮《えんりょ》するつもりはなかった。

彼は魔界でもトップクラスの大悪魔で、富も権力も魔力ももっている。加えて、この世に知らないことはないと言っても過言ではない博識さ。できること、できないことはあるとはいえ、秀翔の物欲をかなえるくらいは朝飯前だ。恋人として——それからたぶん人間の生態への好奇心も手伝って、秀翔の望みをかなえることに喜びを感じてくれるのを知っている。

今もサタナキアは秀翔の頬を撫でながら、「具体的には、どんなものを作ればいい？」とたずねてくれた。

「やった。作ってくれんの？」

「城の敷地内にこの浴室と同じようなものを作るのでいいなら、難しいことではない」

「いい、いい。ありがと！」

湯の中でバシャバシャ跳ねながら、秀翔は続けた。

「サイズはもう一回り大きめっていうか、長辺を長くして。湯温はもうちょっと下げて……俺の体温よりちょっと低くて、でも冷たすぎないくらいにできる？　あと、窓が大きいと気持ちいいな。できれば、天井《てんじょう》にも窓付けてほしい」

「気持ちよさそうだ」

サタナキアがほほ笑んだ。

「できたら一緒に泳ごう。サタナキアは泳げるんだっけ？」

「泳げないことはないが、運動として泳いだことはないな。教えてくれるか？」

「もちろん」

秀翔はサタナキアの首に腕を回し、チュッと頬にキスをした。彼がくすぐったそうに笑う。それがすごくやさしくて、胸がきゅっと甘く疼《うず》いた。好かれていると思うし、好きだと思う。高校までの、気軽につきあってすぐ別れる恋愛とは全然違った。何がどう違うのかときかれたら困るけど、でも——なんて言うんだろう、気持ちというか、深さというかが全然違う。

今度はサタナキアから口づけられた。もしゃっと濡れた毛が顔に触れる。薄く開けた唇のあいだから、サタナキアのざらついた長い舌が入ってきた。どちらも人間同士だとありえない感触だ。最初はそうしたいちいちが気になっていたけれど、くりかえすうちにすっかり慣れてしまった。

「ん……」

サタナキアの唾液《だえき》は、甘く、秀翔の理性を蕩《とろ》かせる。彼のキスは、「これからおまえを抱く」という宣言であり、前戯《ぜんぎ》でもある。

トロトロと流し込まれる唾液を嚥下《えんげ》しながら、秀翔は自分の馴染みっぷりにちょっとあきれた気分になった。ごく普通の人間の女性としかつきあったことのなかった自分が、山羊頭の男性体の魔物とエッチするようになるなんて……。

(まあ、好きだからいいんだけど)

大雑把《おおざっぱ》な人間でよかったと思う。おかげで、このとんでもない魔界ライフに、それなりに順応できている。

とはいえ、秀翔がこれほど暢気《のんき》にしていられるのは、サタナキアの寛大な愛のおかげに他ならなかった。

秀翔との関係を「飼い主とペット」から「恋人同士」に改めて、サタナキアが最初に行ったのは、秀翔の檻《おり》の撤去《てっきょ》だった。鎖《くさり》なし。首輪なし。檻もなし。以前から秀翔にかけていた守護の魔法を強化した上で、城の中ならどこにいてもかまわないと彼は言った。

「おまえはもはやペットではない。わたしの恋人だ。城外の危険にさらすことはできないが、この城の、わたしの力が行き届く範囲であれば自由に過ごしてかまわない。使用人たちにも、そう指示してある」

「——まじで？」

この世界に来てから、喉から手が出そうなほど求めていた、個人の尊重と自由を与えられ、秀翔は一瞬、信じられないような気持ちになった。ぽかんと彼を見上げてしまう。

「『まじで』とは？」

「え？　あ、『本当にいいの？』ってこと。……俺が逃げるとは思わないわけ？」

じわじわと潤《うる》んできた目をごまかすように、冗談半分にきいてみた。サタナキアは生意気を言う子供を見るような目を秀翔に向け、ふっと笑った。

「おまえはもう、そんなことはしないだろう？」

その言葉には、「もう懲《こ》りただろう」という意味と同時に、「おまえの気持ちを信じている」

という意味も込められている。

確かに、以前彼の目を盗んで逃げだそうとしたときには、大蜘蛛《おおぐも》の魔物に追われ、散々な目に遭《あ》った。サタナキアが助けに来てくれなかったら、きっと秀翔は大蜘蛛の腹の中だっただろう。あんな恐ろしい思いは一度で十分だ。

この魔界において、人間は脆弱《ぜいじゃく》な動物に過ぎない。ときに愛玩《あいがん》の対象にもなるが、多くの場合、捕食や搾取《さくしゅ》の対象であり、圧倒的弱者であるということは、身に染みて理解している。この城から出て暮らすという選択肢《し》は、現実的にありえないのだ。だが、そうした物理的制約はさておいても、今の秀翔はサタナキアの信頼に応《こた》えたいと思った。

秀翔は自分自身の意思でサタナキアと共にいる。彼を裏切ることはしない。

他でもないサタナキアが、そう信じてくれるのがうれしいから、秀翔も彼を裏切らない。彼のそばにいたいと思う。

(俺を買い取ってくれたのがサタナキアで本当によかった)

「好き……あなたが好きだよ、サタナキア」

ゆたかな長毛に指を差し込み、引き寄せる。甘く甘く、秀翔を痺《しび》れさせる舌に舌を絡めて。

「ね、もう来て」

ギュッと強く抱き締められ、既に勃《た》ち上《あ》がっている彼自身に腰を押しつけて誘った。

「秀翔」

たくましい腕が湯の浮力を借り、易々《やすやす》と秀翔の体を持ち上げる。性急に指でほぐされたそこへ、手で支える必要もないほどいきり立った剛直が挿入《はい》ってきた。

「んああ……っ」

大事なのは、秀翔がサタナキアを恋人として好きで、彼もまた秀翔を恋人として好きでいてくれること。生まれた世界も、生物としての種も、寿命も、価値観も、何もかも違っていても、互いを好きだと思えたこと。

人間同士だって起きるかどうかわからない、奇跡のような出会いと理解に、秀翔は心から感謝した。


サタナキアと浴室でエッチしていたはずなのに、寝間着を着てベッドに寝かされている。

「……またか」

ベッドの天蓋《てんがい》を見上げ、秀翔は自嘲《じちょう》気味に呟いた。

強烈な媚薬《びやく》作用をもつサタナキアの体液のせいで、彼とセックスして気を失わなかったことがなかった。苦しいことは何もなく、やっている最中はただひたすら気持ちいいだけだし、今だって体調は絶好調なのだが、「セックスがよすぎて毎回失神しています」というのは、さすがに恥ずかしかった。うまく説明できないが、男の沽券《こけん》に関わる気がする。

「え～、これ何日目だ……？」

寝返りをうち、枕に突っ伏してジタバタと暴れた。

おそらく寝ていたのは半日などではないだろう。何もしていないのに空腹感がひどい。外せない予定があるわけでもないので、何日寝ていてもかまわないといえばかまわないのだが、不安にはなる。

ベッドの上でグズグズしていると、ドアが開いて、サタナキアが寝室に入ってきた。

「体の調子はどうだ？」

秀翔が起きているのは最初からわかっていたみたいな声かけだ。実際にわかっていた可能性も否定できない。なにせ、ここは彼の居室。秀翔のすべてを把握《はあく》されていてもおかしくはなかった。

「おはよう。体は元気。俺、今回は何日寝てた？」

秀翔の質問に、サタナキアは「およそ三日だ」と答えた。

彼の言う「三日」は、人間である秀翔の感覚に合わせたものだ。魔界の空は、天候によって暗くなったり明るくなったりはするものの、太陽がないため、日の出日の入りによる時刻の概《がい》念《ねん》は存在しない。魔物たちのあいだで使われている時の基準はまた別にあるようだが、秀翔には理解しきれなかった。この城の朝食、昼食、夕食などの習慣は、今は秀翔の腹時計によって決まっている。

「おいで」

言葉少なに呼ばれ、ベッドから下りた。着替えを手伝ってくれるらしい。秀翔は脱いだ寝間着をのっぺらぼうメイドに渡し、サタナキアが差し出す白ブラウスに腕を通した。

彼から与えられる衣服は未《いま》だにクラシカルだが、この城に来た当初にくらべると、若干《じゃっかん》装飾が控《ひか》えめになった気がする。秀翔はもっとカジュアルなTシャツやジーンズなどが好きだが、いつも黒っぽい長衣を着ているサタナキアや、この城の雰囲気には、クラシカルな服装のほうがよく馴染む。そもそもすべて無償《むしょう》で与えられているという引け目もあり、たまにはTシャツも着たいと思うことはあるが、秀翔は恋人の好みに文句をつけたことはなかった。

「なあ。服の趣味、ちょっと変わった？」

「どういう意味だ？」

「もうちょいゴテゴテしたのが好きなのかと思ってた」

ブラウスのボタンを留めてもらいながら秀翔が言うと、サタナキアは苦笑した。

「確かにそのとおりだが、おまえは動きやすい服のほうが好きだろう。大きなフリルやリボンは好きではないな？」

「だって、似合わないじゃん」

「そんなことはない」

即座に力強く否定されると、どういう顔をしていいやらわからない。

「……まあ、そう言ってくれるなら、買ってくれるのはあんたなんだから、あんたの好きにしたらいいんだ」

もっと言うと、服装くらい彼の好みに合わせてもいいと思うくらいには、秀翔はサタナキアのことが好きなのだ。秀翔が彼のためにできること自体少ないのだから、そのくらいはかまわない。

だが、彼は首を横に振った。

「魔物《われわれ》の感覚で言えば、人間は裸にしておくのがもっとも普通だが」

「それはやだ」

「だろう?」

ブラウスの襟元《えりもと》に細い黒リボンを結びながら、サタナキアはニヤリと笑った。秀翔の反応は百も承知という顔だ。

「安心しなさい。わたしも恋人の裸を見せびらかす趣味はない」

「あんたが変態じゃなくて、ほんと助かる」

「何を着ていても、秀翔はかわいい」

「……っ」

額にチュッと不意打ちのキスを食らわされ、秀翔は両手で額を押さえた。「かわいい」なんてガラではないのだが、思えば、この恋人は、飼い主だったときから、秀翔を「かわいい」と言い続けてきたのだった。

(まあ、筋骨隆々な大悪魔様にくらべたらひ弱だけど)

城の中限定とはいえ何不自由ない生活を保障され、セックスでは毎回ドロドロに甘く抱き潰《つぶ》され、いくら寝倒しても怒られることもなく、起きればキス付きで着替えまで手伝ってもらえて、隣室には完璧《かんぺき》な朝食が用意されていて——。

「そういえば、おまえがほしがっていたプールだが、温室横に作っておいた。気が向いたら使ってみるといい」

朝食のパンを口に運びながら、サタナキアが発した言葉に、秀翔は目を丸くした。

「もう?」

だって、おねだりしたのは三日前だ。幼児用のビニールプールなら三分でできるかもしれないが、石造りのプールが三日でできるわけがない。

(……いや、でも、できるんだろうな)

実際できたと言うのだから。

——世界のすべてが、自分が正しいと信じている道理で動いているとは思わぬことだ。

以前、サタナキア本人から言われた言葉だった。つまり、人間の秀翔には想像もつかない魔界の道理だか、サタナキアのテリトリーである城の摩訶《まか》不思議だかがはたらいて、プールは完成したのだろう。それにしたって、容易なこととは思えないが。

「ありがとう。めっちゃうれしい。大変だっただろ?」

秀翔がそう言うと、サタナキアは「さほどでもない」と答えた。彼にとっては本当に造作もないことなのか、それとも恋人にいい顔がしたくてそう言っているのか、秀翔にはちょっと判別できない。サタナキアの性格や立場を考えれば後者のような見栄は張りそうにないが、断言できるほど彼の恋愛観を知っているわけでもなかった。

ただ一つ、言えることは。

「……甘やかされすぎて、自分の価値が行方不明」

秀翔のぼやきに、ガラスの目がふしぎそうにこちらを見た。

「どういう意味だ?」

「言葉のとおりだよ。あんたは俺にとって命を助けてくれた恩人で、人間の尊厳《そんげん》を認めてくれるかけがえのないひとで、ただでさえ衣食住全部面倒見てもらってるのに、着替えまで手伝ってくれるし」

そこまで言ったところで、サタナキアがデザートとして添えられていたブドウのような果物の皮を剝《む》き、差し出してきた。抵抗もなく、「あーん」と口を開けて食べさせてもらう。人間界にいた頃の秀翔は、こういう、恋人との度を超したいちゃつきをしたいと思うタイプではなかったのだが、サタナキアとは元々「飼い主とペット」始まりだったこともあり、すっかり慣れっこになってしまっていた。

みずみずしい果実を咀嚼《そしゃく》し、飲み込んで、続ける。

「……こういうこともしてくれるだろ。おまけに、『遠慮しないでおねだりしてやろ』くらいの気持ちで頼んだことも速攻かなえてくれちゃってさ。なんか、自分にとんでもない価値があるみたいな気分になるけど、俺があんたにしてあげられることなんかないし、……これ、ペットと何が違うのかな?」

秀翔の疑問に、サタナキアは薄く笑った。

「そんなことを考えているところが、既にわたしにとっては貴重でかわいい。といっても、おまえには理解できないのだろうな」

失礼なことを言われているのかもしれないが、本当に理解できなかったのでうなずく。

サタナキアは紅茶のカップを手に続けた。

「前にも話したが、魔物の倫理観は、おまえにくらべるとだいぶ動物的で、欲望に忠実だ。つがいや恋人がいても、欲望の赴《おもむ》くまま他の魔物と交わることに罪悪感など覚えない者が大半で、恋人が上級悪魔ともなれば、自分はその権力や能力を最大限利用して当然だと思っている」

「あつかましいな。それで揉《も》めごとにならないわけ?」

「皆、似たり寄ったりの価値観だからな。だからというわけではないが、おまえが遠慮することはない。ルシファー様を倒して魔王になれだの、人間界を支配したいだのと言われたら、さすがに困るが」

「待て待て、そんなこと言わねえよ！」

サタナキアがとんでもないことを言い出して、秀翔はギョッとした。

（なんだ、「魔王」って！　「人間界を支配」って！）

それこそＲＰＧの魔王か。しかも、それを要求されてもサタナキアは「困る」だけで、考える余地がまったくないわけでもなさそうなのがおそろしい。確かに、あの夜会に集まった上級悪魔たちの中でも一目《いちもく》置かれているようだったから、相当ハイクラスに位置しているらしいとは思っていたが、それにしたって――そんなことが可能なほど強いのか？

若干引き気味の秀翔に、サタナキアは苦笑した。

「そうだろう。おまえのプールくらいはかわいいものだ。気にするほどのことではない。逆に、おまえのわたしに対する誠実さや、わたしのために何かしてくれようと考えてくれるいじらしさは、本当に貴重で尊いものだ」

「……うん、まあ、そんなたいしたもんじゃないんだけど……」

自分が人間としていかに平凡かはよくわかっているので、そんな反応しかできなかった。その理屈だと、常識的な日本人なら誰でもサタナキアの特別になれそうだ。だが、実際問題、この魔界で、生きた正気の人間が、彼と一対一で知り合う機会そのものが貴重なのだから、彼が秀翔を「尊い」などと言い出すのもしかたがないことなのかもしれない。

要は、魔族としては「変わり者」扱《あつか》いされるサタナキアの価値観に、秀翔の倫理観がピタリとはまったということだ。

「わかった。価値観の一致って大事ってことだな」

デザートのブドウもどきに手を伸ばしながら秀翔がうなずくと、サタナキアは愉快そうに声をたてて笑った。

「おまえの、その聡明な思い切りの良さもわたしは好きだ」

「あんたの、その意外とほがらかなところも俺は好きだよ」

二人は目を見合わせて、また笑った。

「よし。今日は一緒に泳ごう！　人間のやる水泳を教えてあげる」

秀翔の誘いに、サタナキアは「楽しみだ」とうなずいた。


薄墨色《うすずみいろ》の空、墨に血を流したような雲のあいだを、竜の群れが飛んでいく。

その雄大な羽ばたきをガラスの天井越しに眺めつつ、秀翔はゆったりと仰向《あおむ》けになって温水に浮いていた。

意外に高い竜の鳴き声が天に響く。魔界では、竜が鳴くのは雨の予兆《よちょう》なのだそうだ。そう言われるくらい、竜が身近な生きものであることが驚きだが、魔界に来てからというもの、もっと奇抜な姿の魔物たちを散々目にしてきたので、むしろゲームやファンタジーで見慣れた竜などは、見かけるとホッとしてしまう。

（そういや、人間界《あっち》で見かける竜の姿って、魔界《こっち》の本物そのものだよな……やっぱりこっちの竜が何かの拍子に向こうへ行っちゃったやつなのか？）

魔界と人間界をつなぐ「穴」には、三種類あると以前サタナキアが言っていた。いつどこに開くかわからない自然のもの。人間が悪魔を召喚《しょうかん》するときに開くもの。人間をエサにする特定の魔族だけが捕食のために開けるもの。人間界で目撃され、伝説に残っている竜たちは、自然に開いた「穴」を通って人間界に迷い込んでしまった魔界の竜たちなのかもしれない。

（「穴」かー。都合よく、偶然目の前に開いたりはしないんだろうな……）

サタナキアのことはちゃんと好きだし、彼と一緒にいるかぎり、魔界でもそこそこ――どころか、魔界住みの人間としては最大限幸福な生活が保証されている。だが、人間の秀翔が自由で安全に過ごせるのはサタナキアの屋敷の中だけ。話し相手も、彼以外にはわずかな訪問客くらいしかいない。生活の様式だって、道具だって、遊びだって、どれを取ってもまったく違う。もっとも、非力な被捕食者である人間がこれだけ快適に、大きな顔で過ごせているだけでも感謝しなくてはならないと頭では理解しているけれど、それはそれとして、住み慣れた人間界に帰りたいという希望をすっかり捨ててしまえたわけでもなかった。

後ろめたくてサタナキアには言えないが、あちらに残してきた家族に会いたいし、ほっぽり出してしまった大学や1Kアパートがどうなっているかも気になる。サタナキアのおかげで勉強には困らないが、異言語コミュニケーションの重要性と可能性を身をもって実感しているからこそ、大学での勉強にも今さらながらに興味が湧いた。

（けど、帰っちゃったら、サタナキアに会えなくなるかもしれないし……そもそも、帰る方法がないいんじゃなー）

世界のありとあらゆる事象を識《し》るといっても過言ではないサタナキアが無理だと言うのだ。秀翔にはどうしようもない。

結局諦《あきら》めるしかないという結論に至り、秀翔はザバリと水をかいた。やり場のない胸のモヤモヤは、運動で晴らすほかない。

平泳ぎで顔を出したまま泳いでいるサタナキアと何度かすれ違いながら往復していると、のっぺらぼうの執事がプールサイドに入ってきた。サタナキアに何事かを告げ、返事をもらって戻っていく。

（お客さんかな）

そう思う間もなく、プールに雷鳴のような声が轟《とどろ》いた。

「相変わらず酔狂《すいきょう》を極めているな、サタナキア！」

扉から入ってきたのは、目が覚めるような真紅の獅子だった。サタナキアの友人のアロケルだ。今日も仁王像のように鍛《きた》え上《あ》げた上体を惜しげもなくさらしている。

サタナキアが泳ぐのをやめ、驚いた顔で赤獅子を見た。

「アロケル。どうした？」

どうやらアポなし訪問らしい。魔族のあいだで「アポイントメント」が常識かどうかなんて知らないが、彼ら二人のあいだではそうなのだろう。

銅鑼《どら》を打ち鳴らすような笑い声をあげ、アロケルはニヤリと笑った。

「我が友がひさしぶりの恋に溺《おぼ》れていると聞いたから、やに下がった面《つら》を拝みに来た」

遠慮のない口調で言いながら、サタナキアが水から上がるのに手を貸している。

続いて秀翔も水から上がろうとすると、サタナキアが「秀翔」と首を横に振った。

「え、上がっちゃだめ？」

戸惑う秀翔に、サタナキアは上から秀翔を包むようにタオルを広げ、水から引き上げた。

「くるまっておけ」

「あ、裸だから？」

さすがに客人の前で全裸はないか。肝心のサタナキアは堂々と全裸だが。

日本語でのやりとりは理解できなかったはずのアロケルが、なぜかクツクツとおかしそうに笑った。

「心配しなくても、俺はおまえの大事な恋人に手を出したりはしないぞ」

「えっ」

（あ、そういう心配⁉）

まさかないだろうと思いながら、秀翔は二人を見くらべた。アロケルはいかにも面白《おもしろ》がっている顔だが、サタナキアは大真面目《おおまじめ》だ。

「わかっている。わたしの心持ちの問題だ」

その返答に、アロケルははじけるように大笑いしだした。

「どうしたサタナキア、しばらく見ないうちにすっかりメロメロだな！　俺の知っているおまえは、そんなに狭量《きょうりょう》ではなかったぞ！」

「ああ、わたしも自分で驚いている」

どこまでも真剣なサタナキアの反応に、秀翔のほうが恥ずかしくなってくる。赤くなった秀翔を、アロケルはニヤニヤと見下ろした。

「このあいだ訪ねてきたときには、あくまで飼い主とペットの関係だっただろう。時間の問題ではありそうだったが、いつの間にそうなった？」

サタナキアは、短く「夜会の夜に」とだけ答えた。それで察しが付いたのか、アロケルもそれ以上詳《くわ》しく聞き出そうとはしなかった。

「人間はそんなにかわいいか？」

「秀翔はかわいい。だが、思うに、個体差が大きいだろうな。わたしが知るかぎり、秀翔はもっともわたしに性倫理が近い」

「ほう」

アロケルは笑うのをやめ、腰をかがめてしげしげと秀翔の顔を覗き込んだ。

サタナキアによると穏やかな性格らしいし、実際今まで会った魔族の中では、サタナキアの次に秀翔に対して友好的だ。それでも間近に顔を突き合わせると、おそろしげな見た目と巨体の迫力だけで逃げだしたくなる。引《ひ》き攣《つ》りそうな顔になんとか笑みを浮かべ、秀翔は魔族語で挨拶《あいさつ》した。

「おひさしぶりです、アロケル様」

「ああ、元気そうだな」

秀翔にそう返してくれてから、アロケルはサタナキアに苦笑を向けた。

「あいかわらず、人間が俺たちの言葉をしゃべるのには驚かされる」

「先だっての夜会でも、概《おおむ》ねそういう反応だった」

「あの連中はとくに人間を愛玩動物だと思っているからな」

(あ、そっか)

あの夜、秀翔の魔族語に驚きながらも若干気まずげだった魔物たちの姿を思い出した。あのときは緊張していたこともあり、彼らの反応がいまいちピンとこなかったのだが、あれはつまり、自分たちよりも知能の劣《おと》る愛玩動物だと思っていたものが、実は自分たちの言葉を理解できる——言葉で意思疎通《そつう》できる存在であることに対する気まずさだったのだ。

(そりゃ、俺たち人間だって、飼ってる犬や猫がいきなり人間語をしゃべりだしたら気まずい

もんな）

ペットに対する家族愛やリスペクトはさておき、それらが人間の言語を解さないという大前提があるからこそ、人間は動物をペット扱いできるのだ。もしそれらが人間語を理解するなら、飼い猫に対して「～でちゅね」などと猫なで声の幼児語でしゃべったり、飼い犬との散歩中に職場の愚痴《ぐち》を聞かせたりなんて、気まずくてできるわけがない。

言語による意思疎通《そつう》は相互理解の基本であり、それによって互いの生物的立場を対等に近づける。そうなった犬猫はもはや人間にとってペットではありえない。そう考えると、魔族語をしゃべる秀翔は、人間＝愛玩動物という魔物たちの価値観を根底からひっくり返す、やっかいな存在なのだった。

（サタナキアは、よく俺に魔族語を教えようと思ったたな）

そうしてもなお、自分自身を脅《おびや》かされる心配がないほどの力と自己をもっている、サタナキアだからこそできたことなのかもしれない。秀翔はあらためて心の底から感謝した。サタナキアは自分の価値観に縛《しば》られない柔軟性をもち、他者への敬意を失わない。そんなところが尊敬できるし好きだと思う。

「夜会はどうだった？」

「わたしたちはこの調子だからな。そうそう理解は得られんよ」

話しながら、二人はプールサイドに置かれた白いテーブルセットの椅子に腰を下ろした。片や全裸、片や上半身裸だが、気にしないらしい。魔物たちは総じて裸体に対する羞恥心《しゅうちしん》が少ないように思う。

執事がどこからともなくもう一脚、同じ椅子を持ってきた。

（これ、俺が座っちゃっていいのか？）

執事はそのつもりなのだろうが、魔界での人間の扱いを思うと、彼らと同じテーブルに着いていいのか、ちょっと迷う。

「どうした、シュート？」

アロケルにふしぎそうな視線を向けられ、座ってよかったのだと理解した。

「すみません。ご一緒していいのか、一瞬迷って」

「座りなさい」

サタナキアが言い、アロケルがサッと椅子を引いてくれた。

「シュートはサタナキアの恋人なのだろう。同じテーブルに着いていけない理由がない」

名前を呼んでくれる。友人の恋人として尊重してくれる。この魔物も、見かけによらず、価値観や振る舞いが人間に近い。だから、サタナキアと気が合うのだろうなと思った。「ありがとうございます」と頭を下げて、腰を下ろす。

「……なるほど、ずいぶん魔族的だ」

「同じことを秀翔も思っているだろうよ」

「我々の振る舞いを、『ずいぶん人間的だ』と?」

サタナキアに視線を向けられ、秀翔はうなずいた。向こうはきっと人間と一緒にされたくないだろうと思い、そんなふうに思っていることを話したことはなかったが、気づかれていたようだ。

「だから一緒にいられるんだ」

そう言ってくれるサタナキアだから、秀翔も好きになったのだと思う。

見つめ合う二人のやりとりを見ていたアロケルは、もう一度「なるほど」と唸《うな》った。

「うわさを聞いたときは、正直何を血迷っているのかと思ったが、認めるしかないな。お似合いだ」

「ありがとうと言うべきかね」

「俺が認めようといやがろうと、おまえは好きにするだろうが」

「そんなわたしを、きみが許容してくれると知っているからだ」

「そんなに手放しで俺を褒《ほ》めていいのか?」

二人の視線が同時にこちらへ向けられたので、秀翔は苦笑した。

「サタナキアがアロケル様と仲が良いのは、全然気になりません」

むしろサタナキアにアロケルという友人がいてよかったと思う。気の合う相手とはこんなにほがらかに話すのに、普段の彼は秀翔が話しかけないとただただひたすら沈思黙考《ちんしもっこう》しているのだ。静寂を好む彼にとっては、会話のない生活が快適なのかもしれないし、秀翔がとやかく言うことではない。だが、内心寂しくないのかとは思っていた。

「おまえよりもシュートのほうが器が大きいぞ」

豪快に笑って、アロケルは執事が運んできた冷たい紅茶に手を伸ばした。ガラス張りのプールの室内は、秀翔にとって暑くも寒くもない温度に保たれている。泳いだばかりだったり、何かを着ていたりすると、ちょっと汗ばむくらいの気温だ。アロケルには少し暑そうだった。

「先日の夜会にアンドラスがいただろう」

(アンドラス?)

疑問に思ったのが顔に出ていたらしく、サタナキアが教えてくれる。

「おまえと最初に話した黒服の娘がいただろう。あれの飼い主だ」

「ああ、ご馳走《ちそう》だと思って芋虫《いもむし》食べさせてた鳥頭のひと」

言葉にするとひどい仕打ちに聞こえるが、彼女に悪気はなく、ただペットに自分のご馳走を分け与えていただけだ。女の子には服を着せていたし、ちょっとだけだが接したときの印象だと、あの場にいた魔族の中では、人間に対して寛容で理解がありそうだった。

「彼女と彼女の連れが、おまえたちにもう一度会いたいと言っているが、どうする?」

アロケルの提案に、サタナキアが一考するように紅茶を含んだ。

「……秀翔とわたし、二人にか?」

「ああ。おまえたちの姿を見て、自分たちも互いに理解を深めたいと思ったが、言葉が通じないので困っているらしい」

（つまり、通訳をしてほしいってこと？）

ふぅんと思いながら、秀翔は二人の会話を聞いていた。

「……」

サタナキアは黙り込んでしまった。博識で、教えることも好きなくせに、少し意外だ。ふっさりと長い睫毛《まつげ》に埋もれたガラスの目からは、彼の考えていることが読み取れない。

「アロケル、申し訳ないが」

「断るの？　そのひとたち、困ってるんだろ？」

思わず口を挟《はさ》んでしまった。アロケルが「かまわない」と言う。

「サタナキアの引きこもりは有名だからな。そうでなくとも、おまえに通訳など頼むのは畏《おそ》れ多《おお》いと、アンドラスも言っていた」

（あー）

そうだった。サタナキアは魔界で屈指の大悪魔で、魔族的には「変わり者」の引きこもりなのだった。秀翔は彼が気難しいとか近寄りがたいとか思ったことは一度もない――というか、若干ベタベタかまわれすぎだと思うが、それは彼と秀翔が「飼い主とペット」という特殊な関係からスタートしたせいかもしれない。

（でも、困ってるんなら助けてあげればいいんじゃね？）

そう思ったのは、あの夜会で出会った人間たちの境遇が、同じ人間の秀翔の目にはあまりにも気の毒に映《うつ》ったからだ。

「だったら、俺だけでも会おうか？」

つい、そんなことを言ってしまった。

「シュートがか？」

アロケルは驚いたような顔をしたが、すぐに「それもいいかもしれんな」と言う。秀翔は
「だろ？」とうなずいた。

「俺じゃ力不足だろうけど、アンドラスさん？　さえ気にしなければ、簡単な通訳くらいはできると思う」

「……と、彼は言っているが、おまえはどうする？」

サタナキアは再び黙り込んだ。

（余計なこと言ったかな）

どうしてもやりたいというわけではないし、サタナキアをわずらわせたくはない。「あの」と口を開いたところ、彼と声がぶつかった。

「わかった。わたしも立ち会おう」

「え、いいの？」

「かまわない」

サタナキアがうなずく。アロケルは盛大なニヤニヤ顔だ。ライオンの顔でその表情はちょっと怖いからやめてほしい――とは言えないけれども。

「何だ、その顔は」

サタナキアが言うと、彼はニヤけた顔のまま答えた。

「いや。百年ぶりの恋に振り回されるおまえというのも、なかなか味わいがあって面白い」

「百年ぶり⁉」

一瞬、魔族語を聞き間違えたのかと思った。が、サタナキアは涼しい顔で、「もうそんなになるか？」などと言っている。

「そんなものだろう。あのときは、おまえの痴話《ちわ》げんかのせいでパンデモニウムも終わりかと思った」

「若気の至りだ。蒸し返すな」

（いやいやいやいや……）

百年単位で年齢を数えながら、「若気の至り」なんて言われても承服できない。

どんな顔をしていたのか、サタナキアが「秀翔？」とこちらを見た。

「もう百年も前の話だ。今ではおまえがわたしの唯一にして最愛だ。信じてくれ」

「いや、そんな心配してないけど。ちゃんと聞いたことなかったけど、サタナキア、今何歳なんだっけ？」

世界を識る魔物は、あいまいに首をかしげた。

「さあ……だいたい三百二十歳くらいか」

「さんびゃくにじゅっさい」

「およそ十年で人間の一年の感覚だ」

（じゃあ今、三十代前半くらいってことか？）

それはまあ、言われてみればそのくらいかも、という印象だった。だが、途方もない時間に感覚が追いつかない。

（三百二十年前っていつだよ。江戸時代？）

そして、秀翔にとっては寿命よりも長い時間が、彼にとっては約十年だという。

一般的な悪魔の生態はよく知らないが、サタナキアが二十代から三十代の充実した時期に一人の恋人も作らず、引きこもって過ごしたらしいのはわかった。それは「変人」と言われてもしかたがない——かもしれない。あくまで秀翔の感覚だが。

だが、にわかに秀翔の頭を占拠《せんきょ》したのは別の問題だった。

「……俺、どんなに頑張って長生きしても、あと八十年くらいで死んじゃうんだけど」

それではせいぜいサタナキアの三十代しか一緒にいられない。しかも、その間、秀翔は日々老いていく。

(それは、まずいんじゃね?)

確かに今は何不自由なく暮らしているが、それはサタナキアの庇護《ひご》があってのことだ。もし彼の不興を買ったり、彼が心変わりしたりしたら、秀翔はこの魔界で半日と生きてはいられない。

だが、千年を生きるサタナキアと違い、秀翔はすぐに老いていく。別に、外見だけを好かれているとは思わないが、いずれセックスの要望に応えられなくなることもあるはずだ。いつか彼に愛されなくなったとき、自分はどうなってしまうのか……。

「秀翔?」

名前を呼ばれ、我にかえる。サタナキアの横長の瞳と、アロケルのネコ科の瞳が、秀翔をじっと見つめている。

「そんなに早く、あんたを置いていくのはいやだな……。俺だけさっさと年とって、ヨボヨボになっていくのも」

あらためて、サタナキアの心一つを拠《よ》り所《どころ》にした関係の不安定さを突きつけられた気分だ。

秀翔の危惧と不安を、サタナキアはゆっくりしたまばたき一つで受け止めた。

「おまえがこれからどんな姿になろうとも、わたしにとっては大きな問題ではない。おまえと恋人になるのに、どれだけの葛藤《かっとう》を乗り越えたと思っている?」

「そりゃそうだ」

住む世界も、種族も価値観も何もかも違っているとわかっていて、秀翔はサタナキアを選び、彼は秀翔を選んでくれた。見た目に至っては最初から問題外だ。じゃなきゃ、秀翔も山羊頭の悪魔なんて選ばない。彼にとっても同じだろう。

（なんだ）

ちょっと安心した。

ほほ笑む秀翔の横で、アロケルが不穏なことを言う。

「寿命なんて、つがいの契約を結べば何の問題もないだろう」

「つがいの契約？」

「それについては追々《おいおい》相談だな」

サタナキアはそう言って、詳しいことは教えてくれなかった。

2

白い顔に藍鼠色《あいねずいろ》の帽子をかぶったようなアンドラスの頭は、「ゴイサギ」という鳥のものらしい。すらりと数本、帽子から後ろへ長く伸びた白い飾り羽がとてもオシャレだ。

（なるほど、サギね）

そういえば、夜会でも白鷺《しろさぎ》のご婦人と一緒にいたなと思い出した。

身分は公爵だという彼女は、装飾の少ないブルーグレーのドレススーツをまとっていた。全体的にスマートな印象を、ふくよかな体型と、金持ちのおばさんによくいるどっしりとした余裕みたいなものが打ち消している。

応接間に通されると、彼女はサタナキアと秀翔と向かいあった席に、ペットの彼女と並んで座った。ペットの彼女は、今日も美しい黒髪を三つ編みにして下ろし、白襟の付いた黒いワンピースを着ている。秀翔よりずっと白い肌と、白人系の顔立ち。一見すると西洋人だ。ベルベットの首輪と細い金鎖《きんさ》を付けられてはいるものの、虐《しいた》げられているようすはない。サタナキアが面会の条件に出したのが、「面会のあいだは、人間も同じテーブル、同じ椅子、同じ食器を使い、同じ食事をとること。会話は直接」で、アンドラスはそれを呑《の》んだのだから、それだけでも彼女は大事にされているのだろうと思えた。

彼女は秀翔と目が合うと、美しいブルーグレーの目を細めてにっこりと笑った。

紅茶を一口、アンドラスが「ロティとは人間界で出会ったの」と、魔族語で話し始める。

「人間界で⁉」

――ということは、彼女は人間界と魔界を行き来することができるのか？

思わずそちらに反応してしまった。サタナキアがちらりとこちらを見る。

（……っと、やべー）

怒られはしないが、やっぱり気まずい。秀翔は「すみません」と頭を下げた。

「つい興奮してしまって」

「いいのよ」と彼女はうなずいた。話が続く。

「当時ロティは、恋人に裏切られてひどく傷心していた。元恋人に復讐《ふくしゅう》したいと悪魔を召喚して、わたくしが呼び出された」

（復讐⁉）

物騒な言葉が飛び出した。思わずロティのほうを見てしまう。魔族語の会話がわからない彼女は、またニコッと笑っただけだった。たぶん秀翔と同じか、ちょっと年上くらい。かわいらしい雰囲気の人なのだが、見かけによらない。

（あーでも、そうだよ、人間界《あっち》じゃ、「人より怖いものはない」って、常識だったじゃん……）

魔界で見かけからおそろしい魔物たちに囲まれているうちに、すっかり感覚が麻痺《まひ》していた。ゾワッとする。

アンドラスは美談の口調で話を続けた。

「わたくしの仕事は簡単だったけれど、彼女は最後の最後で、元恋人を殺すことができなかった。そのけなげさと愚《おろ》かしさがかわいらしく思えてね。あんまりかわいそうだから、魂《たましい》をもらう契約を書き換えて、こちらに連れて帰ってきたのよ。最初は憔悴《しょうすい》して痩《や》せ細《ほそ》っていたけれど、わたくしのお世話で綺麗になっていくのを見ていると、ついつい情が移ってしまって……」

「そうなんですね」

秀翔はただ相槌《あいづち》をうった。そうする以外、どう反応していいかわからなかった。

（「殺す」とか、「魂をもらう」とか、怖ぇよ‼）

お上品そうに見えても、やはりここは魔界で、目の前にいるのは悪魔である。

羽で覆《おお》われた手を頰にあて、アンドラスはため息をついた。

「人間界《あちら》にいるときは、召喚の契約のせいかしらね、言葉が通じていたから大丈夫だと思っていたのだけど、魔界《こちら》に戻ったとたん、通じなくなってしまって。それでも、わたくしなりにかわいがっていたつもりなのだけど、このあいだ、嫌いなものを無理やり食べさせていたとわかってびっくりしたの。そういうことを、もっと話したいと思うのだけど、なにぶん言葉がわからなくて……」

「そうですよね」

秀翔はうなずき、紅茶のカップを口に運んだ。ロティがじっとこちらを見ている。彼女はまだ自分のカップに手を付けていなかった。

「何か聞きたいことがあったら聞いてみますが」

「そうね。今の生活で困っていることがないか、きいてみてくれる？」

「わかりました。あと、彼女に紅茶とお菓子を勧めてもいいですか？」

「えっ⁉　ああ、どうぞどうぞ、食べてちょうだい」

秀翔の指摘で、ようやくロティの遠慮に気づいたらしい。アンドラスは慌てたようすで隣の彼女の肩を叩き、「飲んで」「食べて」と身振り手振りで訴《うった》えたが、鳥頭と羽つきの手のせいもあってか、いまいち伝わっていないようすだった。

（こりゃ、お互い大変だ）

同情しながら、ロティに向き合った。英語で言う。

「おひさしぶりです。秀翔です」

「おひさしぶりです」

そう言って、彼女はふと涙ぐんだ。

「えっ。なんで⁉」

「……ごめんなさい。こんなふうに、また人と話すことができるなんて、思っていなかったから」

「ああ……」

気持ちはわかる。わかるが、恋人と彼女の飼い主の視線が痛い。秀翔は、慌てて彼らに弁明した。

「俺が泣かしたんじゃなくて！　また人と話すことができると思ってなかったから感極まってるだけです！」

「わかっている」

「……そうじゃん」

英語がわからないアンドラスはともかく、サタナキアは彼女と秀翔との会話もすべて理解している。怖い顔をしているから、つい焦《あせ》ってしまったではないか。

わけがわからないが、サタナキアのおかげでアンドラスの誤解は解けた。涙をぬぐっているロティに向き直る。

「落ち着いた？　話しても大丈夫？」

「大丈夫です」

「えーと。まず、あなたの名前は『ロティ』でいい？」

もしかして、不本意な名前で呼ばれているのではないかと思ったが、彼女は「大丈夫です」

とうなずいた。元々召喚者とそれに応《こた》えた悪魔という関係だから、本名なのかもしれない。

「じゃあ、ロティさん。あなたのご主人様……『アンドラス』さんという名前なんだけど、紅茶とお菓子をどうぞって」

「いいんですか？」

「さっきジェスチャーしてたでしょ」

秀翔の言葉に、彼女は「いまいちよくわからなくって」と苦笑した。

「あんまり怒られることはないんですけど、悪魔でしょ。怒らせたらと思うと怖くて」

「だと思う。萎縮《いしゅく》しちゃうの、わかるよ。でも、あなたのご主人様、悪魔にしちゃ、かなり人間にやさしいと思うけど」

「それは、このあいだの夜会でよくわかりました」

「だよねー」

思いっきり同意してしまう。秀翔を恋人にしてくれたサタナキアは別格だが、そうでなくとも、服を着せ、同じテーブルに着かせてくれているだけでも、アンドラスからロティへの待遇《たいぐう》も破格なのだった。

ロティは自分の前に置かれたビスケットに手を伸ばし、紅茶を含んで、また目元をうるませた。

「おいしい」

「でしょ。どんどん食べて」

秀翔の言葉にうなずき、しゃくりあげながらビスケットを割る。

「彼女はなんで？」

うずうずとアンドラスが聞いてきたので、「ビスケットと紅茶がおいしいそうです」と答えた。

「あらまあ、そうなの。あなたはこういうものが好きなの」

「よろしかったら、彼女がおいしく食べられるものを聞いてみましょうか」

「是非《ぜひ》お願い」

「わかりました。またあとで紙にも書き出しますね」

うなずいて、再びロティに話しかけた。

「あのときはちょっとしか話せなかったけど、アンドラスさんは、あなたのことをもっとよく知りたいって言ってる。ビスケットと紅茶が好きだって伝えておいたけど、他に食べたいものとか、好きなものはありますか？」

「小麦のパン。鶏肉《とりにく》や豚肉や牛肉のステーキやソーセージ。肉と野菜の煮込み。白身魚とジャガイモのフライ。飲みものならエールかワイン」

彼女が言うものを、秀翔はメモに書き出した。とりあえず英語で書いたが、あとで魔族語に書き直そう。

「もしかして、ロティさんはイギリスの人ですか？」

「そうよ。どうしてわかったんですか？」

「『ロティ』はシャーロットの愛称だし、『白身魚とジャガイモのフライ』ってフィッシュアンドチップスのことでしょ」

「そう。そうよ。フィッシュアンドチップスとドライなエール……！」

食べたい気持ちを刺激してしまったらしい。秀翔は笑って、「ちゃんと書いときますね」とうなずいた。

「わたし、向こうにいたときは料理の勉強をしていたの」と、ロティが話しだした。

「いつかは自分の店を出すのが夢で、パブでアルバイトしていた。自分で作らせてもらえるならうれしいんだけど……」

「聞いてみましょうか」

うなずいて、秀翔はアンドラスに視線を向けた。

「彼女は、白身魚とジャガイモのフライが好物だそうです。生まれ故郷の味だそうですよ。それから、料理が好きだから、自分で料理させてもらえるとうれしいと言っています」

「あらまあ！　じゃあ、早速作ってもらってみようかしら」

ゴイサギの頭でも、なんとなく感情は伝わってくるものだ。目を輝かせるアンドラスに、秀翔はほほ笑んでうなずいた。

「いいと思いますよ。あなたのためにおいしい料理を作れるなら、きっと彼女の生きがいにもなると思います」

そう言ってから、気がついた。今こうして彼女たちの役に立てている自分もまた、魔界に来てから感じたことのない充実感を覚えている。

思わずサタナキアを振り返った。視線を受け止めた彼が、「秀翔？」と名前を呼んでくれる。

「俺も、あなたのおかげで、魔族語を勉強できて、こうしてちょっとだけ人の役に立つことができてるわけだろ。うれしいなって」

「……そうか」

サタナキアは言葉少なにうなずいた。

（あれ？）

何か考えこむような雰囲気が少し気になる。が、ロティに「シュートさん」と呼ばれて、聞けないままになってしまった。

好きな食べもの。好きなこと。してほしいこと、ほしくないこと……アンドラスの望むことを一つひとつロティから聞き出し、伝えていく。大変な作業だが楽しかった。

（そういえば、俺、昔、通訳になりたいとか言ってたな）

大昔のことのように感じるが、実際にはまだ数年前、高校時代のことだ。

大学なんて入れる中で一番偏差値の高いところへ行けばいいくらいに思っていたある日、S

NSで、レッドカーペットを闊歩《かっぽ》する俳優に付き添ってにこやかに話す人を見た。一般人がセレブオーラバリバリの俳優の横に立つと、本当に地味で目立たなくて。でも、一度彼が話しだすと、俳優が彼をとても頼りにしているのがよくわかった。「ふつーだけどかっけーな。もてるんだろうな」と思って。あれなら自分でもなれるかも？　と考えて、国際人文学部を選んだのだった。

まるっと忘れてしまっていたが、めぐりめぐって、こんなところで通訳のまねごとをやっている。それがおかしくて、やっぱり秀翔にはうれしかった。

一通り話し終える頃には、ロティはすっかり秀翔に心を許してくれていた。

「すっかり長居してしまったわ。ロティ、そろそろお暇《いとま》しましょう」

アンドラスがそう言って席を立つ。鎖を引かれ、立ち上がった彼女は、たっぷりと名残を惜しむ表情で秀翔の手を取った。

「シュート。またあなたに会いたいわ。ご主人たちに許可を取ってもらえない？」

「え……っ」

なにせ人間だし、女の人だし、美人だし。一瞬うれしくなってしまったが、恋人の目の前だ。秀翔は慌てて、だが、失礼にならないようそっと彼女の手を外した。

「えーと……」

どう？　と、まずサタナキアのほうを見る。彼は「かまわない」と鷹揚《おうよう》にうなずいた——かと思うと、突然秀翔の腰を抱き寄せた。

「わたしのかわいい恋人が楽しい時間を過ごせるなら、多少の我慢はやぶさかではない」

ロティにもわかるよう、英語でそう言って、見せつけるように秀翔の頬にキスをした。あからさまな牽制《けんせい》だ。

「もう。ロティさんに他意はないって」

秀翔はあきれてサタナキアの顔を押し返した。ロティは驚いたように目を丸くして二人を見ている。アンドラスがコロコロと笑った。

「ロティはフラれてしまったのかしら」

「いいえ、彼女はただ、また会いたいと言ってくれているだけなので……」

「わたくしはかまわないけど」

「わたしもかまわない」

言葉とはうらはらに、サタナキアは苦虫を噛みつぶしたような声音だった。秀翔は思わずなだめるように彼の頬を撫でた。アンドラスの笑い声が高くなる。

「大悪魔サタナキアも恋人の前では形《かた》なしね」

「恋の前では誰もが奴隷《どれい》になるものだ」

「あなたがそんなことを言うなんて。わたくし、あなたがとても好きになったわ」

ふふふとほほ笑んで、アンドラスは言った。

「こんなに情をかけても、この子たちの寿命は短いものだわ。かわいがってもすぐに死んでしまう。わかっているのに、もうかわいがらずにいられないの」

しみじみとした口調に、サタナキアは「そうだな」と短く答えた。


アンドラスたちが帰ってしまうと、サタナキアはとたんに寡黙《かもく》になった。趣味のバイオリンに似た弦楽器を弾《ひ》きながら、何か考えこんでいる。いつものように、秀翔に聴かせるために弾いているわけではなく、演奏の感想を求めることもしない。鬼気迫《せま》る集中力で深く、深く、自分の内面と対峙《たいじ》している彼を、秀翔は傍《かたわ》らで見守った。

たぶん、今のサタナキアに秀翔は必要ない。彼が結論を出すまでそっとしておくのが正解だ。その間、秀翔がプールで泳ごうと、庭を散歩しようと、のっぺらぼうメイドたちとカードゲームに興《きょう》じようと、彼は気にしないだろう。だから、こうしてサタナキアのそばにいるのは秀翔の意思だった。

(たぶん、俺が何かしちゃったんだよなぁ)

具体的に何が彼をこうも考え込ませているのか、実はよくわかっていないのだけれども。

心当たりはやはり帰り際のロティの行動だろうか。サタナキアはまた彼女と会ってかまわないと言ってくれたが、一方で、「多少の我慢はやぶさかではない」とも言っていた。まわりくどいが、彼女と秀翔を会わせることは、サタナキアの本意ではないということだ。

（いやでも、やきもちなんか焼くか？　サタナキアだぞ）

世界の理《ことわり》を見通したような目でいつも冷静に物事を見ている、大悪魔サタナキア。御年《おんとし》推定三百二十歳だ。恋人がちょっと秋波を向けられたくらいで、ここまで葛藤するだろうか。

（いや、ない。ないない）

逆ならまだしも、サタナキアが嫉妬《しっと》なんて。でも、それなら、彼がふさぎ込んでいる理由がまったくわからない。

弱ったな……と思いつつ、秀翔はテーブルにノートを広げ、ペンを握《にぎ》った。魔族語で綴《つづ》る魔界日記は、魔族語の勉強を始めたときから続けている習慣だった。勉強にもなるし、過去の出来事を振り返るときにも役に立つ。

が、ペンはすぐに止まってしまった。

（『アンドラス』って、どう書くんだっけ？）

「ロティ」は「Lottie」だろうと察しがつくが、悪魔の名前の綴りは想像もつかない。

サタナキアに聞こうとし、顔をあげる。と、岩のようにかたくなな背中が見えた。口をつぐむ。彼の思索を邪魔したくない。とりあえずアンドラスの名前の箇所だけスペースを空《あ》けて書こうとしたら、サタナキアが唐突に「何だ？」とたずねてきた。飛び上がりそうになる。

「えっ、何!?」

「何か質問があるのではないのか？」

「……そうなんだけど、なんでわかった？」

今完全に向こうを向いていたではないか。

いつの間にかこちらを振り返っていた彼を、秀翔は胡乱《うろん》げに見た。

「おまえが口を開くのが見えた」

「………背中か後頭部に目が付いてる？」

半分冗談のつもりだったが、なにしろ相手は悪魔である。もしかして本当に付いているのでは……と思っていたら、サタナキアが種明かししてくれた。

「わたしの目はほぼ全方位見えている」

「えっ、まじで？　それって悪魔だから？　それとも山羊頭だから？」

「まじだ。わたしのように横長の瞳孔《どうこう》をもつ草食動物の目は、大抵そのくらい見えているだろう」

大真面目に返されて、秀翔は言葉遣いに気をつけようと思った。彼に雑な日本語をしゃべらせるのはだめだ。ギャップがひどすぎて、話の内容が頭からすっ飛んでいきそうになる。

（それにしても、三百六十度死角なしってすげえな）

世界のすべてを識る大悪魔にふさわしい。黄色いガラス玉に浮かぶ横長の黒い虹彩を、秀翔はまじまじと見つめた。最初は苦手だったが、今は綺麗な目だと思う。

「秀翔?」

楽器を下ろし、近付いてきた彼が、ノートを覗き込んできた。

「ごめん。邪魔しないでおこうと思ったんだけど」

「おまえを邪魔だなどと思ったことは一度もない」

真顔で言うから、照れくさくなってしまう。秀翔はふふっと小さく笑った。

「ペット扱いはいやだけど、始まりがペットだったのは、もしかして俺にとってはラッキーだったのかな」

「なぜそう思う?」

「何しても邪魔にされないで許されるなんて、人間同士……じゃないけど、対等な関係だったら、あんまりない気がする」

「……そうだろうか」

サタナキアが、また難題を突きつけられたような顔で呟いた。思わず噴き出す。

「そんなに真剣に考え込まなくていいよ。ラッキーだったって言ったろ。うれしいから」

それから、書きかけの日記の空白をペンで示した。

「日記書いてたんだけどさ。アンドラスさんの名前の綴りってどう?」

「ああ。貸しなさい」

うなずいたサタナキアはペンを受け取り、さらさらと空白に書き付けた。

「ありがとう」

ペンを返してもらったが、サタナキアが向かいの椅子に座ったので、日記はちょっと中断だ。

インク壺《つぼ》に蓋《ふた》をして、「そういえば」と話題をふった。

「アンドラスさん、ロティさんに召喚されたって言ってたね」

「ああ。彼女のような上級悪魔が召喚に応じること自体が稀《まれ》だが、相性がよかったのだろう」

「そっか。アンドラスさん、ロティさんのこと大事にしてるみたいだったもんな」

「……気になるのか？」

「え？」

サタナキアの声が低くなった。わかりやすく機嫌を損ねている。

（え、なんで？）

「あっ。まさか、何か疑ってる？　俺、あの人に対してはなんっも思ってないからな⁉」

全力で否定したが、サタナキアは納得しない。

「だが、おまえにとっては仲間だろう」

「仲間って、人間同士ってこと？」

「人間という動物の雄《おす》と雌《めす》だ。しかも、向こうはおまえを憎《にく》からず思っている」

「ええ……。いきなり異世界に拉致られて、やっと会えた人間仲間がうれしいってだけだろ」

少なくとも秀翔はそうだ。

「だが、おまえは手を握られてうれしそうだった」

「ええー……」

秀翔は弁明の言葉に詰まった。確かに一瞬、本当に一瞬、「わっ。ラッキー」くらいは思ったが、だからって恋愛感情があるわけではない。ただ、秀翔は人間で、基本的には異性愛者で、彼女は人間の女性で、美人だった。言ってしまえば、「美人に手を握られたラッキー」。それだけだ。それだけだが――。

(あ)

わかった。わかってしまった。それこそが、サタナキアが恐れていることだ。

彼は暗い声音で言った。

「今は特別な感情はなくとも、互いを知れば惹《ひ》かれ合《あ》うこともあるかもしれない。なにしろ、貴重な『人間仲間』だからな」

「……は? 何言ってる」

カチンときた。そりゃ、ずっと同じ檻に二人きりで入れられていれば、そういうこともあるかもしれない。無人島に男女二人みたいなもんだ。だけど、それはあくまでも「二人きり」だった場合だ。今の秀翔にはサタナキアがいる。

「俺の恋人はあんただろ。あんたがいるのに、あんた以外とそんなことになるもんか!」

「ならば、わたしが『許す』と言ったら?」

サタナキアは硬い声で突きつけるように言った。

それから、悲愴《ひそう》な声になって。

「……もし、もしおまえがそうしたいと言うなら、秀翔」

「サタナキア」

たまらず、彼の言葉をさえぎった。彼はひどいことを言おうとしている。

「それは、もう言わないって約束しただろ」

あの夜会で、気に入った者がいればセックスしてもかまわないと彼に言われて、秀翔は深く傷ついた。秀翔は、他でもない、サタナキアのことが好きだったから。

「俺が誰を好きになって、誰とエッチしたいと思うかは、あなたが許すとか許さないとか言うことじゃない」

信じてほしい。秀翔は自分の心でサタナキアを好きになり、自分の意思で彼と共にいる。

きっぱりと言った秀翔を、サタナキアは一瞬、食い入るように見つめた。流星に見惚《みと》れる人のようだった。

その表情に、秀翔は伝わったと感じた。自分の気持ちは伝わった。

だが、彼が口にしたのは、思いもかけないことだった。

「……だが、おまえは、人間の世界に未練があるのだろう」

虚を突かれた。それは、確かにそうだったから。秀翔が彼に隠しておきたい本音だったから。

「それは……」と秀翔は視線をさまよわせた。

「それは、しかたないだろ。あっちは生まれ故郷だし、この世界は俺には生きづらすぎるんだよ。でも、どうせ帰れないいんだろ」

違う、そうだけど、そうじゃない。今言うべきことはそれじゃない。わかっているのに、口は止まらなかった。

サタナキアは再び突きつける口調で言った。

「帰れるとしたら？　もし万が一帰る方法があるとして、おまえはわたしよりも人間界での暮らしを選ぶのか？」

「――」

即答できなかった。責めないでほしい。だけど、自分が悪いのもわかっていた。本音は違っても、嘘でも、「あなたを選ぶ」と言ったほうがよかった。

サタナキアは、低く「来い」と言った。ペットだったときにも向けられたことのないニュアンスだった。

寝室に入ると、サタナキアは秀翔に背を向けたまま、「シャワーを浴びるかね？」とたずねた。

これからお仕置きされるのだと覚悟しながら自らを浄《きよ》めるのはなかなかの屈辱《くつじょく》だ。だが、洗浄しないで行為に及ぶと、それこそとんでもない目に遭《あ》うのは想像がつく。この状況でシャワーの選択肢を残してくれただけ、サタナキアはまだやさしかった。

秀翔はしおしおと寝室付きの浴室へ向かった。手早く体を浄めて浴室を出る。

サタナキアは、ベッドサイドに腰を下ろして待っていた。何も身につけていない秀翔の姿に、ガラス玉の目をすうっと細める。

「いい覚悟だ。わたしを怒らせた自覚はあるのだな」

「……怒らせたっていうか、悲しませたっていうか……」

うつむく秀翔に、彼は「申し開きがあるなら聞こう」と言った。

「……俺が好きなのはあなただけだってことだけは、信じてほしい」

生まれた場所に帰りたい。父や母や兄や姉に会いたい。思慕《しぼ》の気持ちをなくしてしまうことはできないけれど、秀翔がサタナキアを好きな気持ちは本当だ。人間の秀翔が、美人な女性を抱くことより、この異形の魔物に組み敷かれることを自ら選んだ。その気持ちだけは疑わないでほしい。

サタナキアはしばし口をつぐみ、「それは、これからおまえが証明してみせることだ」と言った。

証明——どうやって?

どうすれば信じてもらえるのか、秀翔にはわからない。取りすがって謝ればいい？　「許してください」と懇願《こんがん》すればいい？　甘えてみる？　――どれもサタナキアが望んでいるようには思えない。

秀翔は黙って彼の前まで進んだ。山羊の三本角が目の前に来る。秀翔は白黒の長毛に覆《おお》われた彼の頬に両手を添え、真ん中の角の付け根に口づけた。

「……っ」

ベッドの上に引き倒される。荒っぽく顎《あご》を摑《つか》み上《あ》げられた。一瞬キスしてくれるのかと思ったが、彼は冷たく「舐《な》めろ」と命じた。怒りをはらんだ瞳の色にゾクッとする。サタナキアがその気になれば、秀翔を殺すことなど造作もないのだ。

本能的な恐怖を、秀翔は無理やり抑え込んだ。サタナキアは確かに怒っている――けれども、怒りにまかせて秀翔を殺すようなことはしない。だったら、これはお仕置きだから。

従順を示すように、膝立ちになった彼の股間《こかん》に顔を寄せた。禍々《まがまが》しい色と巨《おお》きさの怒張に舌を伸ばし、まだ下を向いている亀頭をチロチロと舐める。

「……っ、……、――ッ!?」

急に頭を押さえ付けられ、グッと喉の奥まで突き入れられた。目の前に火花が散る。苦しさに涙が滲《にじ》む。

「ぐっ、ぅ、ゴふ……ッ」

苦しい――なのに、先端からしみ出した先走りを喉奥に塗《ぬ》りつけられると、そこがじわりと熱をもった。乱暴な抜き差しのせいで、先走りと唾液が混ざり合う。グチュグチュと卑猥《ひわい》な音と雄臭《おすくさ》い匂いに、ぼんやりと頭の芯が痺れた。

先走りは彼の唾液のように甘くはない。けれども、飲みたくてたまらない。トロトロと食道を落ちていくそれが腹を焼く。

「あっ、グッ……んっ、ガッ……ぁふ……っ」

あっという間に体に火を点《つ》けられた。もう彼を何度も受け入れた後孔《こうこう》が、記憶にある快感を欲してじゅわりと疼《うず》く。こんな乱暴な扱いでさえ、秀翔の体はあっけなく陥落《かんらく》させられてしまうのだ。今まで自分がどれだけ大切に扱われていたか、身をもって知ることになった。

「どうした。尻が揺れているぞ」

「ングッ……！」

パンッと尻たぶを叩かれる、その衝撃にさえ中を心地よく揺らされて、再び目の前に火花が散った。

「ウアッ……！」

無造作に指を差し込まれ、ヌプヌプと抜き差しされる。後孔は蜜《みつ》をこぼす果実のように爛《らん》熟《じゅく》し、サタナキアの指にからみついた。

「上と下、どちらで飲むかね？」

喉奥をグリグリと亀頭でいじめられながらたずねるのに、秀翔は首を横に振った。彼の精液は秀翔の正気を跡形もなく吹っ飛ばす。程度の問題だが、飲まされるより後ろに注がれるほうがまだいくらかましだと知っていた。

強請《ねだ》るように腰を揺らすと、もう一度パンッと叩かれた。いやらしさを責められているようでかなしいのに、秀翔の体は悦《よろこ》んでいる。

喉から怒張が引き抜かれ、背中から覆いかぶさられた。

「あああ……っ！」

すさまじい熱量が押し入ってきて、喉から悲鳴が押し出された。苦しい。なのに、気持ちいい。サタナキアを迎え入れた後孔は歓喜し、淫《みだ》らに彼にしゃぶりついている。

「アッ、待っ……、無理、むり……っ」

そのまま激しく抽送《ちゅうそう》され、肘《ひじ》が、そして膝がくずれた。逃げることを許さないとでもいうように腰を両側から鷲掴《わしづか》みにされ、尻だけ高く上げられる。精液でパンパンになった双袋が尻たぶに打ち付けられるたび、AVで聞いたことのある音が鳴った。

秀翔の理性も尊厳《そんげん》もまるで無視するかのような力尽くの荒淫《こういん》に、快感とは違う涙が出た。

――正気のおまえを抱きたい。動物の交わりでなく、前から。

初めてのときそう言ってくれてから、ずっと大事に前から抱いてくれていたのに。

あなたを本当に好きなのだと示したくて従順にしていたけれど、その気持ちさえも踏みにじられていくようだ。こんなのはつらい。彼をこんな行為に走らせたのは自分だと思うと、余計に苦しい。なのに、彼が塗り込める先走りは、秀翔の媚肉《びにく》を歓喜させる。心と体がバラバラになりそうだった。

「あ、あっ、あ、さた、サタナキア……ッ」

悲鳴の合間に彼を呼ぶ。腰を摑み上げていた両手がはずれ、秀翔の両手に重ねられた。シーツに落ちた秀翔の腰に腰を叩き付け、押しつぶそうとするように、サタナキアが覆《おお》いかぶさってくる。

「あああっ……！　も……っ、たすけて、くるし……っ、ああっ、サタナキア……！」

「――秀翔」

耳元で、苦しげな声が秀翔を呼んだ。

「秀翔。おまえを離したくない」

（何その死にそうな声）

秀翔を責め苛《さいな》んでいるのは彼のほうなのに。だったらやめてくれと言いたい。

でも、秀翔の頭も喉も体ももう、まともな言葉を発せられる状態ではなかった。ただただ嬌《きょう》声《せい》をあげて揺さぶられながら、わずかに残った理性が彼の言葉を拾う。

「このままおまえの体につがいの契約をかけてやりたい。そうすれば……」

そうすれば？　そうすれば何だというのか。肉体の法悦《ほうえつ》に塗りつぶされようとしている頭は、肝心なところを聞き逃す。

でも、彼がそんなに望むことなら、そうしてくれればいいと思った。そんなに、望んでくれるのなら。

「サタナキア」

薄れていく意識の中で、彼を呼んだような気がする。

「いい、いいよ、サタナキア……」

自分が何を口走っているのか、それすらもう、わからなかった。

3

(……またか)

目が覚めたらベッドの上に一人だった。毎回「またか」と思っている自分が笑える。ふっと鼻で笑ってから、秀翔は意識を失う前のセックスを思い出した。――違った。「また」どころではない。サーッと音を立てそうな勢いで血の気が引いた。

(やっべ、今日何日目だ……!?)

ベッドの隣を見やっても、当然サタナキアの姿はなく、冷えたシーツの海が広がっているだけだ。あいかわらず、体だけはスッキリ爽快《そうかい》なのが逆にむなしい。

サタナキアはどこだ。とっとと見つけて謝らなければと思う。自分も無体をはたらかれたぶんは謝ってもらうつもりだが、それ以上に、あの意識を失う直前に聞いた彼の声が気になった。

「あんま思い詰めてなけりゃいいけど……」

ため息をつきながら上体を起こす――と、ベッドの足元の椅子に座っているサタナキアが目に入った。

「うわっ……びっくりした」

反射的にそんな反応をしてしまったが、サタナキアは視線で秀翔を確認しただけで、何も言わなかった。石像のように微動《びどう》だにしない。

（うわー、まだ怒ってんのかな）

気まずい。秀翔は注意深くサタナキアを観察した。長い睫毛に覆われた目が眠そうに見えるのはいつものことだが、目蓋《まぶた》が少し落ちているのは視線を落としているのだろうか。わかりにくいが、落ち込んでいるらしい。

言いたいことはあるが、何からどう切り出せばいいかわからない。そもそもそんな状況になったこともないので静かに混乱を極めている――そんな感じか。当たってなかったら申し訳ないが。

秀翔はふうと息をついた。

「サタナキア、ごめん。とりあえず俺から先に謝っちゃうけど、悪かった」

秀翔の言葉に、サタナキアがハッと顔を上げた。今度はわかりやすいびっくり顔だ。山羊の顔でも「目を丸くする」ってできるんだなと、頭の片隅で思う。

「……なぜだ。おまえが謝る理由がない」

低く呻《うめ》くような苦悩の声で言うので、思わず撫でて慰《なぐさ》めたくなった。ベッドの上を這《は》って近付く。

「あるだろ。あんたを傷つけた」

秀翔が言うと、サタナキアは再び目を瞠《みは》って言葉を失った。

「……傷つけたと言うのか。おまえが、わたしを」

「人間は『言葉のナイフでグッサリ傷つける』みたいな表現をするんだけど、魔物にはない？　サタナキアは俺のこと絶対離したくないくらい好きなのに、俺が人間界に戻るよりあんたといたいって言わなかったから傷ついたんだろ。……ごめん。戻れるなら戻りたいとは思うけど、あんたと離れたいわけじゃないんだ」

たとえば、人間界での生活とサタナキア、どちらかを選べと言われたら、やっぱり秀翔は悩むと思う。人間界には戻りたい。でも、サタナキアとも一緒にいたい。欲張りかもしれないが、単純にどちらか一方を選べる話じゃないと思う。

まあ、それこそ欲を言うなら、サタナキアなら人間界でも人間のふりをして生きていけるんじゃないかと思うし、人間に化けた彼と人間界で生きるのを想像したら、めちゃくちゃ面白そうだなとは思う。が、そもそも、あちらに行くすべがないというのだからどうしようもない。

「あなたと一緒にいるのは、人間界に戻れないからしかたなくじゃない。俺があなたを好きだから一緒にいたいんだ。だから、あんたが俺とつがいの契約？　っていうのをしたいって言うなら——」

話している途中で、コンコンコン、と、扉が三回ノックされた。サタナキアが応じると、のっぺらぼうの執事が部屋に入ってくる。彼はすべるようにサタナキアの横まで来て、彼の耳元で耳打ちした。のっぺらぼうのくせにどこから声を発しているのか――いや、秀翔の耳には聞こえないのに、どうやって意思疎通をしているのか、あいかわらずさっぱりだ。

執事の報告に、サタナキアは地面にのめり込みそうに重いため息をついた。暗い目をして立ち上がる。

「秀翔。悪いが、話はあとだ。おまえに会わせたい者がいる」

「……俺に？」

秀翔は目を丸くした。

客人は応接室のソファにかしこまって座っていた。サタナキアと秀翔が部屋に入っていくと、さっと立ち上がって優雅な礼をとる。が、大げさすぎて気障《きざ》ったらしい。濃紺の天鵞絨《ビロード》の服を着た雄山羊《おやぎ》だった。

「……レオナール？」

一瞬、夜会の折にレストルームでちょっかいをかけてきた魔物かと秀翔は思った。うねりながら後方へ流れる二本角。顔立ちも、サタナキアより一回り小柄《こがら》な体型もそっくりだ。ただ、毛色は雪のように白かった。夜会の魔物は黒山羊だったはずだ。

秀翔の呟きを聞きつけ、魔物はにっこりと見事な作り笑いを顔に貼《は》り付《つ》けた。

「はじめまして。先だっては弟がご迷惑をおかけしました」

「弟？　レオナールのお兄さんですか？」

「双子の兄のバフォメットです。わたしはサタナキアの大事な方に手を出すほど愚かではございません。今日はビジネスの話をしに来ただけですのでご安心を」

本人は洒脱《しゃだつ》なつもりかもしれないが、秀翔には全然笑えなかった。「それなら安心です」と、真面目に返す。

彼と向かいあうように座り、隣を見た。

（どういうつもりなんだ、サタナキア）

バフォメット自身はさほど危険そうではないし、いざとなればサタナキアが守ってくれるだろうが、引き合わされた理由がわからない。

三百六十度を見渡すガラス玉の目には、秀翔がじっと彼を見つめているのが見えているだろう。サタナキアは秀翔と視線を合わせないまま、ボソボソと低い声で話し始めた。

「以前、パンデモニウムと人間界とをつなぐ『穴』のことは説明したな」

「覚えてる。自然に開くけどどこに開くかわからないやつと、人間の召喚で開くやつ、あとは人間をエサにしてる魔物がエサを採《と》りに向こうに行くためのやつ」

「そうだ。わたしは人間界からの召喚に応える方法は知っている。だが、あれは、こちらの希望の時代、希望の場所へ行けるわけではない」

「んーと、つまり、どこの誰が喚《よ》んでるか、行ってみないとわからないってこと?」

「そうだ。ついでに、おまえにとっては過去、あるいは未来のどこかかもしれない」

「……時間までズレてんのか」

人間界ではゲーマーだったので、そういう世界の理屈も知っているには知っている。が、「過去に喚ばれる」とか「未来に喚ばれる」とか、文の意味はわかっても実感は全然湧かなかった。タイムマシンさえ開発されていない世界の普通の人間にとっては、過去も未来も、人間界と魔界くらい遠い世界だ。普通は行き来したりできない。

サタナキアは重々しくうなずいた。

「自然に『穴』が開くのを待つのは時間の無駄だ。わたしも生きている間にめぐり会う機会があるかどうかわからない」

「俺にはほとんど可能性ゼロってことだな」

「わからない。一秒後、ここに開くかもしれないが」

「でも、千年開かないかもしれない」

「そういうことだ」

あいかわらず視線が合わないままの会話に、秀翔はだんだん不安になってきた。

「で、これ、何の話?」

たずねると、サタナキアはほんの一瞬沈黙した。呑みがたきものを呑み込むような、空白の一拍。

「……おまえが人間界に戻りたいなら、可能性があるのは残りの一つだ」

残りの一つ。

（人間をエサにしている魔物が作る「穴」か）

そこまで聞いて、秀翔はようやくバフォメットがここにいる理由がわかった。

「つまり、あなたがその魔物ってことですね？」

視線を向けると、それまで黙っていたバフォメットは、「いかにも」とニッコリした。

（よりによって、人間を食べるやつかよ！）

手出しはしないと言われていてもゾッとする。

顔に出ていたのか、彼はニンマリと胡散臭《うさんくさ》い笑みを深くした。

「今日はビジネスだと申し上げたでしょう。それに、食べると言っても、わたしの場合は頭からボリボリ囓《かじ》るわけじゃありません。まあ、囓れないこともないですが、わたしの主食はあなたがた人間の色欲です」

しきよく――色欲。

「あ、色魔ってやつ？」

「そう呼ばれることもありますが、いわゆるサキュバスやインキュバスとは違いますよ。主にサバトに喚ばれて、人間の雌と交わるのが生業《なりわい》です」

「あー……」

つまり彼はかつてはサタナキアも務めたという、「サバトの雄山羊」なのだった。

「……で？」

こんな物騒な悪魔を城に迎え入れてまで、サタナキアは何がしたいのだ？

秀翔はサタナキアを見る視線をとがらせた。

「もしかして、俺を人間界に戻してくれるってこと？」

「その前に、前提のお話をさせていただいてもよろしいでしょうか」

やんわりとバフォメットが割って入る。思わず、とげとげしい視線を向けてしまったが、彼は両手を挙げながらも黙らなかった。

「まず、わたしは過去、人間を魔界に連れてきたことはありますが、逆は試みたことがありません。ですので、わたしが人間界に行くときに同行していただくとしても、あなたの身の安全は保証いたしかねます」

「……うん」

「また、魔界と人間界に流れる時間のズレも考慮しなくてはなりません。魔界の時間の流れは、人間界とはまったく別……同じ軸《じく》で比較すると、こちらのほうがずっとゆっくりです。あなたがこちらに拉致されてきてから、大体どのくらいたっていますか？」

「え？　うーん……？」と、秀翔は首を捻《ひね》った。

「人間の基準でかまいません」

「……正確にはわかんねえけど、日記に書いてるぶんだけで二ヵ月くらい？　サタナキアに魔族語を教わるようになってからだから、全部だとたぶん三ヵ月くらいだと思う」

バフォメットは少し困ったように首をかしげた。いやな予感がする。

「それだけこちらで過ごしているとなると、向こうでどのくらいの時間が流れているか、ちょっと想像もつきません。少なくとも、あなたが生きていた同じ時代に戻ることはできないでしょうね」

あっさりとした口調でバフォメットは秀翔の希望を打ち砕《くだ》いた。

「……そんな……」

そもそも無事に戻れるかどうかもわからない賭けだ。もしかしたら帰れるかもしれない。だが、たとえ無事に帰れたとしても、その人間界に秀翔が会いたい人たちはもういないという。

（あー……浦島太郎か）

助けた亀に連れられてちょっと竜宮城に行っているつもりが、陸上では途方もない時間が流れていて、親も友人も自分自身の若さも失ってしまう男の話。バフォメットの話は、あれにとてもよく似ていた。

（父さんも母さんも兄ちゃんも姉ちゃんも、もう死んじゃったって？）

そんなこと、急に言われても信じられない。実感なんて湧くわけない。魔界に連れてこられたことだって、この目で見ながら、自分の頭がおかしくなったんじゃないかと何度も思った。ましてや、見ていない世界の話なんて――。

秀翔の心に湧いた反発心を、悪魔は狡猾《こうかつ》に読み取った。白山羊の悪魔が、抜け目ない顔で囁く。

「それでも試してみたいとおっしゃるなら、お力になることはできますよ。もちろんお代はいただきますが、サタナキアにとっては大した負担ではありません」

チラリと、ガラス玉の目がサタナキアの顔を窺《うかが》う。彼は黙ってうなずいた。秀翔が望むなら代償を払うということだ。

(ちょっと待てよ)

何を先へ先へ、勝手に話を進めているのだ。だいたい、秀翔はこの席に着いてから一度もサタナキアに意思確認をされていない。全部彼の思い込みと暴走だ。サタナキアとしては親切心のつもりかもしれないが、彼にしてはずいぶん冷静さを欠いたやり方だった。

どうするかな、と考えたのは、わずかな時間だった。サタナキアのほうへ顔を向ける。

「サタナキア。あんた、もしかして相当へこんでる?」

「……『へこむ』とは」

「落ち込んでるってこと。……俺が人間界に未練があるってわかって、そんなにショックだった？」

　秀翔がきくと、サタナキアはピクリと目蓋を震わせた。

「そちらでは……いや、それもだが。わたしはおまえを愛しているのに、そのおまえの望みをかなえてやろうと考えることさえできないのかと……」

「自分の心の狭《せま》さにいやんなっちゃった？」

　秀翔は思わずほほ笑んでしまった。

　人間ではない。魔界では屈指の大悪魔だが、秀翔はあいにく「人間くさい」という表現しか思いつかない。彼のそういうところが、たまらなく好きだと思う。抱き締めてしまいたい。バフォメットがいるからしないけど。

　ちょっと好きな子をいじめる小学生の気分になって。

「で、原因の俺をほっぽり出して楽になろうって？」

「そんなことは望んでいない！」

　思わずといったように、サタナキアが声を荒らげた。と、窓の外でピシャーン！　と、派手な雷が落ちる。

「!?」

　唐突すぎて、ソファの上で飛び上がった。が、怖いとは思わなかった。我慢できずに笑ってしまう。

（あーあ、もう）

ちっぽけな人間の秀翔に惚《ほ》れ込《こ》んで、自分の心の揺れに動揺して。恋人を愛しているならその願いをかなえるべきだと自分を戒《いまし》め、いつもの冷静な彼ならまず手を出さない杜撰《ずさん》な計画を立てたりして――。

「じゃあ、あんたの望みを言ってみろよ」

やっぱり彼がとても好きだ。その思いを噛みしめながら、秀翔は言った。

「あんたのことが大好きな恋人には、いろいろ理屈をこねくり回すより、一言、素直になるほうが、ずっと効果的だと思うけど？」

「……」

サタナキアは大きく目を瞠り、黙り込んでしまった。理屈屋の彼には、もしかしたら秀翔が言うように素直になるほうが、世界の真理を解き明かすよりも難しいのかもしれない。

サタナキアの鼻面《はなづら》を撫で、秀翔は彼の名前を呼んだ。

「サタナキア」

自分でも恥ずかしくなるくらいやさしい声になった。

サタナキアが頭を抱える。垂れ落ちた白黒の毛の下から、呻くように言った。

「……行かないでくれ。わたしのそばにいてくれ、秀翔」

「うん」

秀翔はうなずき、自分よりずっとたくましい肩を抱きしめた。目が覚めた直後はベッドでの無体を謝ってほしい気持ちもあったが、もうそんなことはどうでもよくなっていた。

即答に、サタナキアの動きが止まる。

「……いいのか？」

信じられないらしい。

「まあ、我ながら正気かよって思うから、その反応はわかるんだけどさ」

笑ってしまいながら、秀翔はサタナキアの肩を撫でた。

「でも、この計画、俺を人間界に帰してやろうっていうより、どっちかっていうと諦めさせようってやつに思える」

秀翔の指摘に、山羊頭は「そんなことは……」と困惑した声をもらした。

「だって、命の保証はない、たとえ無事に帰れたとしても向こうにはもう俺が会いたい人たちはいない、どころかどんなふうに変わっているかもわからないって、俺にとってはあっちに帰るメリットがほとんどねえじゃん。魔物に命を狙《ねら》われないですむっていうだけなら、あんたと一緒にいれば変わらないしさ。しかも、実行役は人間を食うやつだって言うし」

「わたしは、お代さえ払っていただければ、契約に反することはいたしませんが」

「サタナキアがバフォメットを買収して嘘を言わせてる可能性だってあるのに、試すにしろ、諦めるにしろ、あんたたち悪魔の言ってることだけを鵜呑《うの》みにして決めろって、あんたにしてはずいぶん乱暴な理屈だ」

でも、その暴論にも愛を感じてしまうのは、秀翔も彼のことが心から好きだからだ。

「たぶん、バフォメットは嘘は言ってないんだと思う。でも、それだけが正解だとも思わない。俺は、自分の大切な人たちがまだ向こうにいるって信じてる。元々俺にとっちゃむちゃくちゃな世界なんだからさ。父さんや母さんや兄ちゃんや姉ちゃんが幸せに生きてる時間軸に戻る方法がいつか見つかるかもしれないって、そういうむちゃくちゃな可能性も信じることにする」

言いながら——自分自身に言い聞かせながら、それでも目からは涙があふれた。

生きていれば、帰る方法を探していれば、いつかは彼らに会えるかもしれない。——でも、たぶん、もう会えない。戻れない可能性のほうがずっと高い。サタナキアたちはたぶん嘘はついていない。それは薄々わかっているから。

でも、わかっていてなお、秀翔は戻れる可能性を今手放してしまうわけにはいかなかった。

「だから、今バフォメットに付いていかないのは、『帰れないからしかたなく』じゃなくて、あなたのことが好きだからだよ、サタナキア」

彼に、そう言ってあげるために。

「では、それが結論ということでよろしいのですね？」

バフォメットが能面のような笑みのまま、念を押した。

「うん。せっかく来てくれたのにすみません」

「よろしいのですよ」と、バフォメットは、今度こそ、ニッコリと笑みを浮かべた。

「おかげで面白いものを見られました。『理性の魔物』と呼ばれた大悪魔サタナキアが、すっかり恋に溺れている。しかも、その相手が人間だというのですからね」

「……それは」

どうフォローしていいやら、言葉に詰まった秀翔の腕の中で、サタナキアがやおら顔を上げた。

「恋の前では誰もが奴隷になるものだ」

アンドラスにも聞かせた持論を、やけにきっぱりとくりかえす。

バフォメットが、今度こそ我慢できないというように声を立てて笑った。嘲笑《ちょうしょう》ではないようだった。

「頑固者で偏屈なあなたにはいい薬です。せいぜいお互いを大切に、お幸せにお過ごしください。何かご用命がありましたら、ご連絡を」

そう言って席を立つと同時に、バフォメットの姿は消えていた。あとには、彼の高笑いの余《よ》韻《いん》だけが残っていた。


「サタナキア」

抱き締めていた腕をほどきながら、秀翔は彼の名を呼んだ。

「ああ、秀翔……」

「俺はもう謝ったし、あんたはあのひどいエッチのぶん、俺が大好きだって行動で示してくれたし、これで仲直りにしたいんだけど、どう?」

秀翔が言うと、サタナキアはどこか呆然《ぼうぜん》とした表情で、「いいのか」と呟いた。

そんなに簡単に許していいのか。本当に戻る方法を試してみなくてもいいのか。自分と共にいてくれるのか――いくつもの意味が込められた「いいのか」だった。

「いいんだよ」と、秀翔は笑った。

「簡単に許したわけじゃないし、さっきも言ったけど、人間界に戻るのを完全に諦めたってわけでもない。いつかあっちに行く方法が見つかったら、そのときはサタナキアも俺と一緒に行ってよ。そのときまでは俺がこっちで暮らすから」

「ああ、そうか……それはいい」

サタナキアがやっと少しほほ笑んでくれて、心の底からホッとした。目が覚めてからこちら、彼はずっと石のようにかたくなで、秀翔はそれが心配でもあり、ちょっと怖くもあったから。

これで人間界へ戻るなら彼と一緒だ。どちらか一つを選ばなくていい。そのうれしさをじわじわと噛みしめ、秀翔はほほ笑んだ。

「じゃあ、約束。……ほんと、俺、あんたの十倍速で年とるからさ。臭いおっさんになって、ヨボヨボのじいさんになっても捨てるなよ」

ちょっと強がって言うと、サタナキアは真顔で「ありえない」と首を横に振った。

「そもそも、わたしはおまえの外見に惚れたわけではない。おまえよりも美しいものは、この世界にごまんといる」

「………そりゃどうも」

彼が言うなら事実だろうが、そう言い切られるのも複雑だ。

わざとふてくされて見せて、それから秀翔はふっと笑った。

「ま、お互い様か。俺だって、外見だけで選ぶなら山羊頭の悪魔は選ばないし、男に抱かれることも選ばない」

「それはどうも」

秀翔と同じ言葉を返しながら、サタナキアも笑っている。

「……あなたが好きだな」

心の底からそう思ったら、なんだか泣けてきてしまった。

「秀翔」

「外見はともかくさ。エッチもできなくなって、サタナキアの感覚では十年もしないうちにお別れって、ほんとごめん」

「おまえが謝ることではない」

「でも、あんた、悲しむし、たぶんずっと寂しがるだろ」

「――」

秀翔の言葉に、サタナキアは衝撃を受けたように固まった。そんなに意外なことを言っただろうか。

彼の顔を覗き込みながら、秀翔は続けた。

「思うんだけど。俺は魔界に来てからもっのすごい怖い思いをいっぱいしたし、人権！　って叫びたくなる事案もいっぱいあったし、すっごい虐《しいた》げられてて孤独だと思ってたこともあるんだけどさ。だからこそ、俺を一個人として認めてくれて、尊重してくれるサタナキアが、ものすごく大事に思えたわけ。あんたが俺を溺愛《できあい》して執着するのも同じなんじゃないかな。あんたはずっと魔界にいたけど、価値観の一致する相手はずっと見つからなかったんだろ。それは俺とは全然違う寂しさだけど、やっぱり寂しかっただろうと思ったんだ。だから、あんたを置いていきたくないけど……」

でも、寿命ばかりはどうしようもない。生きもののさだめだ。

「……秀翔」

秀翔の両手を強く握って、サタナキアが思い詰めたような声で呼んだ。

「ん？」

「魔族には、つがいの契約というものがある」

「前にアロケルと言ってたやつだろ。それが何？　つがいって、もしかして俺でもなれる？　人間だけど」

「なれる」

サタナキアは即答した。

「以前も言ったように、魔族の性倫理は奔放《ほんぽう》だ。つがいの契約も、あっても結ぶ者は少ない。それは契約を結んだ相手との性行為に縛りを課すからだ」

「……たとえば？」

「たとえば、互い以外との性行為を許さないとか、……互い以外との性行為には相手の許しを得るだとか……」

後者は言いたくなさそうな小声だった。サタナキアの倫理観だと、後者は浮気になるからだ。でも、秀翔は少し安心した。

「縛りは、お互い相談と合意の上で決めていいって感じかな」

「そのとおりだ」

「うん。それで？」

それだけならサタナキアがこんなに慎重《しんちょう》になることはないだろうと思って、うながした。今のところ、二人の性倫理はほぼ一致していて、契約を結ぶのに何ら問題はない。それにもかかわらずためらうのだから、まだ彼が気にすることが何かあるに違いない。

サタナキアは大きなため息をついた。緊張をなんとかほぐして吐き出したような、おそろしく重くて複雑なため息だった。

「その契約を結ぶと、つがいの寿命をそろえることができる」

「ええっ、何それ⁉」

「元々魔族同士でも寿命には相当な開きがあるからな。誰か、熱烈な恋に溺れた先人が編み出した契約だろう」

「うーわ……」と、秀翔は感嘆した。それ以外、反応のしようがない。淡々と言ってはいるが、サタナキア自身もまた同じことをしようとしている恋の奴隷である。

「でも、それで一気に問題解決じゃん。やろやろ！」

善は急げだと急《せ》かす秀翔を、「いや、問題はある」と、サタナキアは押しとどめた。

「わたしたちの場合は、わたしが契約主になるので、わたしの寿命が基準になる」

「うん、いいじゃん」

「……おまえは、ことの重大さがわかっていない」

深々としたため息とともに、サタナキアは言った。つがいの契約の実態は知らないが、たぶん結婚の誓《ちか》いみたいなものだろう。プロポーズを即答ＯＫした恋人に、そのため息はなんなのだ。

「『ことの重大さ』って？」

「おまえは千年を生きることになるのだぞ。それはもはや人間ではない何かだ」

「まあ、そうかもしれないけどさ。いいじゃん、俺がいいって言ってるんだから」

「おまえの思い切りのよさはいいところでもあるが、これはおまえのアイデンティティに関わることだ。向こう見ずもいいが、こういうときくらいはちゃんと悩め。考えろ」

これが悪魔の台詞《セリフ》だろうか。笑ってしまった。

「俺がバカだからそう思うのかもしれないけどさ。今からあれこれ心配しててもしょうがないだろ。やってみるしかないし、つがいの契約については、今のところメリットしか思いつかないんだから。とりあえずやってみて、必要な場面にぶち当たったら、そんとき一緒に悩むことにしよ」

わざとの部分も含め、ケロッと言うと、サタナキアはようやく笑ってくれた。諦めたようにでも、とてもうれしそうに。

「おまえに、この世界で千年生きてほしいとは言い出せなかった」

苦悩のにじむ声のやさしさに、秀翔は言葉を失った。

千年を生きる異形の魔物、大悪魔サタナキア。世界を見通す神のごとき知識をもち、魔物たちにかしずかれる彼の心根の、なんて愛《いと》おしいことか。

「言えばいいじゃん」と、泣きながら笑った。

「あんたがずっと一緒にいてくれるなら、千年だって、二千年だって生きられる」

「秀翔……！」

魂の歓喜の声だと思う――うぬぼれじゃなければいいけれど。

「秀翔。どうか、わたしのつがいになってほしい」

秀翔の手の甲に額をすり付け、サタナキアは求愛した。

「もちろん」と、秀翔はほほ笑んだ。


「で、つがいの契約って、具体的にはどうすんの？」

たずねた秀翔の手を引いて、サタナキアは寝室に連れていった。わかりやすい。だが、直截《ちょくせつ》的《てき》なやり方はサタナキアの美学に反する。彼の抑えられない気持ちの昂ぶりと、秀翔を逃がすまいとする焦《あせ》りを感じた。

（もう逃げたりしないのに）

愛されてんなと照れくさくなる。

「つがいの契約は、互いの体に直接刻まれる」

膝の上に抱き上げた秀翔の体をやわやわと愛撫《あいぶ》しながら、サタナキアは言った。先日のお仕置きセックス以外は、いつも丁寧でやさしいが、中でも今日は特別なようだった。

（それとも、俺が特別な気分だからかな）

たぶん、どちらもあるのだろう。互いの気持ちが肌から染みこんで溶け合うみたいに、触れあう部分すべてが気持ちいい。

「わたしは、生涯の貞操と誠実をおまえに誓う」

秀翔の額にキスをしながら、サタナキアが言った。悪魔との契約というより、本当に結婚の宣誓《せんせい》みたいだ。うれしくて、くすぐったくて、舞い上がってしまいそうになる。だが。

「『生涯の』って、それ、もしかしてやばい罰則《ばっそく》つきのやつじゃねぇ？」

なんとなくいやな予感がして、たずねてよかった。サタナキアは平然とうなずいた。

「破ろうとすればそこで命尽きるが、契約は守られる」

「つまり、他のやつと寝ようとしたら死ぬってことじゃん！　いいよ、そんな罰則付けなくて！」

浮気されたらかなしいが、命まで奪うつもりはない。そう言ったのに、サタナキアは首を横に振った。

「わたしが、おまえに誓いたいだけだ。おまえの誓いには、罰則を付けなければいい」

「えええ……そんなん全然フェアじゃないじゃん。いいよ、俺も生涯の貞操と誠実をあんたに誓う」

チュッとサタナキアの鼻先にキスを返した。いつもなら唇を合わせているところだが、今日は最後まで正気を保っていたいので、ディープキス以上はおあずけだ。

「いいのか?」

今日はやたらと確認するなぁと思いながらうなずいた。

「いいよ。浮気するつもりないし。こういうのはフェアじゃなきゃダメだろ」

そう言ったら、ぎゅーっと強く抱き締められる。彼が誠実なつがいの相手をどれほど求めていたか伝わってきて、秀翔もじんわりきてしまった。彼の背中を抱き返す。

「それなら、わたしは生涯おまえを守ることも契約に加えよう。契約紋の場所はどこがいい?」

「それ、体に入るの? 入れ墨みたいな感じ?」

「ああ」

「じゃ、あんたが決めて……ふぁっ」

いきなり下腹を押さえられ、秀翔は腰を跳ねさせた。変な声が出てしまった。恥ずかしい。

「わたしが決めていいなら、ここに入れるぞ」

そう言って彼が押さえているのは、いつも彼の先端がずっぽりと入り込む、一番奥の上あたりだった。誰に見せるわけでもないのに、見せつけたいとでもいうような場所。

「えっろ」

いつも威厳《いげん》に満ちているぶん、むっつりスケベ具合に笑ってしまった。さすが元サバトの雄山羊だ。

「あんたのぶんは、あっ……もう、しゃべらせて。俺が、決めていい?」

「ああ」

「じゃあ、ここ」

握った右手の甲にキスをした。サタナキアの体で、唯一素肌が人目にさらされている場所だ。

「独占欲はあんただけの特権じゃないんだよ。知ってた？」

いたずらっぽく秀翔が言うと、サタナキアは「うれしいかぎりだ」とほほ笑んだ。

キスもフェラチオもしていないのに、好きで、好きで、好きすぎて、体が勝手に気持ちよくなっていく。サタナキアの手を後ろへ導き、秀翔は「触って」とねだった。

「どうした。積極的だな？」

「んんっ、……だって、なんかもう、我慢できなくって……」

「わたしもだ」

「んんっ……！」

彼の指がぬくりと後孔へ入り込んでくる。サタナキアの唾液や精液の助けがなくとも、ローションだけで受け入れられた。まとわりつく襞《ひだ》が、早く早くと催促《さいそく》しているのがわかって恥ずかしい。眉間《みけん》のあたりが熱くなる。

「んや……っ。あ……ねえ、今日、俺が上でいい？」

「おまえが動いてくれるのか？」

「うん……俺があんたにしてあげたい」

サタナキアが秀翔につがいの契約をくれるなら、秀翔も何かしてあげたいと思うのだ。

言ったとたん、ぐっと深く指を突き入れられた。激しく奥をかき混ぜられ、二本の指で拡《ひろ》げられる。

「やっ……、ちょ、強い……っ！」

「秀翔」

やや苦しげな声で、サタナキアが秀翔を呼んだ。彼も欲情して焦《じ》れている。まざまざとそれがわかった。

「うん。寝て」

サタナキアに横になってもらい、膝立ちで彼の腰を跨《また》ぐ。たくましい造形美を誇《ほこ》る体と、ところどころに生える白黒の長毛。異形だが、まぎれもなく美しい。その割れた腹筋に手を這《は》わせた。

「ほんと、あんたはどこもかしこもかっこいい」

本当にこの魔物が自分のものになってくれるのだと思うと、ふしぎな気分だった。魔界なんかに連れてこられて、客観的に見ればたぶん不幸なのだと思うけれど、今、秀翔は確かに喜んでいる。

サタナキアが呪文を唱《とな》え始《はじ》めた。低くやさしく囁く歌のようなそれが耳に心地いい。おそらく、つがいの契約の呪文。それを聞きながら、秀翔は雄々《おお》しくそそり立つ剛直の上に、ゆっくくりと腰を落としていった。

「んっ……！　あ、あ、入る……っ」

サタナキアの詠唱《えいしょう》に嬌声が重なる。おそろしく張り出したカリが、秀翔の肉の輪を思い切り押し広げる。

「んぁアッ！」

ぬぷんっと亀頭がもぐり込んだ。すぐにも達してしまいそうなほど気持ちよく、がくがくと膝が震える。厳《おごそ》かな儀式のような気持ちもあるのに、我慢できずに腰を揺らしてしまう。中をかき混ぜるように腰を回すと、たまらなく気持ちよかった。

「あっ、あ、あ、あっ、あっ、サタナキア、サタナキア……ッ、ごめん、あんま長くもたない、かも……ひぁアッ」

やっと奥まで呑み込んだと思ったら、下から力強く突き上げられた。サタナキアの手が秀翔の両手をがっちりと摑み、律動に合わせて押し下げる。

「あっ、あ、あ……っ、や、やだ……っ、待って、俺が、してあげたい、って……っ」

ガツガツと奥を突かれ、ぐしゃぐしゃに泣きながら腰を揺らめかせた。無意識に、自分の中のいいところにサタナキアの亀頭を当てようとしている。それに気づき、気持ちまでぐちゃぐちゃになった。彼を快くしてあげたい。でも、自分も気持ちよくなりたい。依存したくない。だけど、混ざり合いたい。一つになりたい。恥ずかしい。——どれも全部本心だ。

「サタナキア、サタナキア、好き……好きだ……っ、サタナキア……ッ」

いつものように、彼の言葉が返ってこないのが寂しい。名前を呼んで、好きって、愛してるって、言ってほしい――。

「秀翔」

「ひっ、アッ、あああああ……っ！」

詠唱を終えたサタナキアが名前を呼んだ。ガツン！　と奥の、さらに奥まで突き入れられ、喉をそらす。押し出されるように達した秀翔の肉襞が剛直を引き絞《しぼ》り、サタナキアもまた中で達した。ポウッと、秀翔の下腹に契約紋が浮かび上がる。今まさに中でサタナキアが精液をぶちまけている、そのちょうど外側だった。秀翔の腰を思い切り引き下げて、グリグリと自分の腰に押しつけているサタナキアの右手の甲にも同じ紋が浮かび上がる。

「あ、あ、サタナキア……、好きだ、サタナキア」

「ああ、秀翔、愛している」

やっと返ってきた言葉に涙があふれる。うれしくて、幸せで、抱き締めたい。

「サタナキア、もっと……」

もっとして。抱き締めて。好きだと言って。中に注いで。

彼の上に倒れ込み、抱きついて、秀翔は心から彼にねだった。

またか、と、今朝《けさ》は思わなかった。目を開けた瞬間、目の前にサタナキアの長毛が見えたからだ。いつも一人で目覚めていたのが、彼が一緒だというだけで、こんなに感じ方が違うのかと思った。寂しくない。

そのままギュッと抱きつき、フサフサの毛に顔を埋める。頭の上から、やわらかな笑い声が降ってきた。しあわせな朝だ。

「おはよう、秀翔」

「おはよう、サタナキア。今度は何日くらい寝てた？」

毎度の質問に、彼は「三日弱だな」と答えた。結局、なみなみと精液を注がれてしまったせいで、やっぱり昏睡《こんすい》していたらしい。悪魔のつがいになっても、人間の体の特性自体は変わらないようだった。

（……そうだ）

つがい。自分は彼のつがいになったのだ。

思い出し、ベッドに座って下腹を確かめた。契約紋は、今は落ち着いた色合いでそこにあった。見下ろす光景に、思わず「うーわ」と呟いてしまう。

「どうかしたのか？」

「いや、エロいなって……。いつもあんたがぶちまけてるとこが一目瞭然《いちもくりょうぜん》って、あらためて考えると変態だ」

「わたしたちの愛の証《あかし》を、そんなふうに言わないでほしい」

あいかわらず大真面目に言いながら、サタナキアが右手の紋を秀翔のそれに重ねてきた。

（恥っずかし！）

と、思ったが、叫ぶのはやめてうなずいた。彼の手に、自分の手を重ねる。

「うん。うれしいよ、サタナキア。ありがとう」

「こちらこそ」

もっしゃりとした感触つきのキスを受け止めて、秀翔はベッドから下りた。

「腹減った！　ご飯食べよ！」

「ああ、そうだな」

「食べたら、午前中は勉強する。あと、魔族の生態とか、パンデモニウムのこととか、書いてある本を貸してよ。なるべく簡単なやつ」

「かまわないが、急にどうしたのだ？」

ふしぎそうなサタナキアに、秀翔は笑った。

「とりあえず、ここで暮らしていく覚悟はついたからさ。自分にできることをしようと思って。魔族と人間の通訳なんかどうかと思ってるんだけど、どうかな。よくね？」

同意を求めると、サタナキアは一瞬の間を置いて、「いいんじゃないか」とうなずいた。

「いや。おまえのつがいはわたしなのだから、心配することはないのだった」

つまり、先日のやきもちが、まだ尾を引いているらしい。強面《こわもて》のくせに愛すべきかわいらしさが、秀翔をくすぐったくさせる。

秀翔は、ふふっと目を細めた。

千年を共に生きると誓ったのだ。浮気の心配はしなくていい。わかっていることを、わざわざ言ってやる必要もないだろう。たわいもないやきもちくらいは、長い時間を楽しく過ごすスパイス程度だ。

サタナキアが「小悪魔だな」と呟くので、秀翔は遠慮なく声を立てて笑った。

しあわせな朝だった。

あとがき

AFTERWORD…………………

―夕映月子―

こんにちは。このたびは拙著《せっちょ》をお手に取ってくださいまして誠《まこと》にありがとうございます。

今作は拙作の中でも一風変わったお話になりました。人間は生きのびるのも難しく、人間中心の価値観は通用しない異界。攻は人外ときています。掲載雑誌のファンタジー特集で人外を書かせていただくことになったとき、人外だからこそ書けるお話にしたいと思いました。人間同士ですら価値観の合う相手を見つけるのは困難なのに、異界の人外となったら……。

秀翔《しゅうと》には拙作比でかなりハードモードな世界と恋愛になってしまいましたが、ごく普通の大学生である彼ゆえの、悩まない強さ（「向こう見ず」とも言う）が、彼を生かしてくれることになりました。雑誌のアンケートでは、サタナキアの人間姿を望んでくださるお声もあったのですが、そんなわけで、徹頭徹尾《てっとうてつび》山羊《やぎ》頭《あたま》です。でも、見かけではない部分で惹《ひ》かれ合《あ》った彼らの恋は、結局いつもの拙作どおり、割れ鍋《なべ》に綴《と》じ蓋《ぶた》のラブラブですので、ご安心してお読みください。

さて、今作のイラストは、陵《みささぎ》クミコ先生がご担当くださいました。異世界ファンタジー、しかも攻は山羊頭という異色のお話で、先生を悩ませてしまいましたが、イケ山羊ときにユーモラスなサタナキアと、かわいい（と本人は思っていなそうな）秀翔を、誠にありがとうございました！　雑誌掲載時も文庫でも、いつもとても魅力的なラフをたくさん出してくださって、選ばせていただくわたしは嬉しい悲鳴でした。

また、本書の発行にご尽力くださいました新書館の皆様、とりわけ、今回も心強い味方でいてくださった担当様に、心より御礼申し上げます。

末筆になりましたが、拙著をお手に取ってくださった読者の皆様。異色作ではありますが、きっと根底にあるのはいつものわたしのお話です。どうかお楽しみいただけますように。

この本を読んでのご意見、ご感想などをお寄せください。
夕映月子先生・陵クミコ先生へのはげましのおたよりもお待ちしております。

〒113-0024　東京都文京区西片2-19-18　新書館
[編集部へのご意見・ご感想] ディアプラス編集部「異界で魔物に愛玩されています」係
[先生方へのおたより] ディアプラス編集部気付　〇〇先生

- 初 出 -
異界で魔物に愛玩されています：小説DEAR+20年アキ号（Vol.79）
異界で魔物に溺愛されています：書き下ろし

[いかいでまものにあいがんされています]
異界で魔物に愛玩されています

著者：**夕映月子** ゆえ・つきこ

初版発行：2021 年11月 25日

発行所：株式会社 新書館
[編集] 〒113-0024
東京都文京区西片2-19-18　電話（03）3811-2631
[営業] 〒174-0043
東京都板橋区坂下1-22-14　電話（03）5970-3840
[URL] https://www.shinshokan.co.jp/

印刷・製本：株式会社 光邦

ISBN978-4-403-52542-1